U0686440

月下听泉

吴信林

著

百花洲文艺出版社
BAIHUAZHOU LITERATURE AND ART PRESS

图书在版编目（CIP）数据

月下听泉 / 吴信林著. — 南昌：百花洲文艺出版社，2024.6

ISBN 978-7-5500-5596-4

Ⅰ.①月… Ⅱ.①吴… Ⅲ.①散文集-中国-当代 Ⅳ.①I267

中国国家版本馆 CIP 数据核字（2024）第 040384 号

月下听泉

YUE XIA TING QUAN

吴信林 / 著

出版人　陈　波
责任编辑　蔡央扬　郝玮刚
封面设计　肖景然
制　　作　书香力扬
出版发行　百花洲文艺出版社
社　　址　南昌市红谷滩区世贸路 898 号博能中心一期 A 座 20 楼
邮　　编　330038
经　　销　全国新华书店
印　　刷　四川科德彩色数码科技有限公司
开　　本　880mm×1230mm　1/32　　印张　7.75
版　　次　2024 年 6 月第 1 版
印　　次　2024 年 6 月第 1 次印刷
字　　数　180 千字
书　　号　ISBN 978-7-5500-5596-4
定　　价　46.00 元

赣版权登字　05-2024-47

网址　http://www.bhzwy.com
图书若有印装错误，影响阅读，可向承印厂联系调换。

序

徐　可

人世间有些人是注定要相遇的，我跟信林大概就是这样的。他的老家和我的老家挨得很近，他在我高中的母校做过老师，后来他到宣传文化部门工作，和我之前以及现在的工作岗位也都是属于一个大的宣传系统。有这么多的交集轨迹，所以，我们的相遇似乎就是一个必然了。果然，十多年前，我在香港《文汇报》工作期间出差南通，我们就相遇了，不过那一次因为比较匆忙，我们没有很多交流。后来，大概是2020年吧，我应江苏作协邀请在扬州为江苏的作家授课，他就认认真真地坐在台下听讲。其时，他在南通市文明办副主任的岗位上，这个事务性岗位事情不少，他还能挤出一个星期的时间坐进教室参加文学培训，足见他对文学的痴迷。

我一直有个观点，可能也是文学圈内的一个共识吧：公文写作与文学创作其实是不大兼容的；如果把公文写作中的公共话语带到文学作品里去，那么这个作品就肯定难以成为一个好作品。所以，我有时就会想，信林是怎样处理好这个关系的。看到他《月下听泉》的书稿后，我终于了然了，取这个书名其实就是他的一个用心，他是把这两个话语体系在时间上做了一个物理隔离，白天是白天的语系，晚上是晚上的语系。看了他的书稿，觉得他在这两种话语体系里还是转换得不错的。首先给我留下深刻印象的是全书五个部分的标题：《心曲涓涓流》《水清竹静》《篱落疏疏一径深》《脚印是生命的诗行》《在水墨汉字里》，把这些有温度的文字串起来阅读就让人不觉远离了喧嚣、纷扰、拥挤，如同走进了一片“小桥、流水、人家”。

几次不多的接触，我感觉信林是个比较安静的人，看了他的散文之后，他的文字也是属于安静的那一类。这本书的名字叫《月下听泉》，书里也有一篇散文《月下听泉》，可见他对这篇文章的重视、对这个标题的喜爱。看到这个题目，我就在想，这是不是一篇游记呢？读后发现，他其实没有具体写他到哪个名胜去看泉、听泉，整篇文章着重表达的是爱水、爱泉、爱月下的安静。他在文中是这样写的——

> 后来，我渐渐发现，一本淡雅的散文集就如同一眼泉流，每一篇平静的叙述，如同清泉汩汩流淌。每天晚上，躺在床上，读着安静、平和的散文，耳边就会传来泠泠的泉流之声，心跳也渐渐地合上文字的节奏，自然进入夜的安恬。一天就这样画上一个安静、圆满的句号。

他在月下听泉，其实是他一个人在静静地品味这个世界，是在品味人生。我联想到，他的第一部散文集名为《月下行吟》。“月下”一词自带诗意，它象征着浪漫、安静、纯洁，给人以美好的想象。信林偏爱“月下”，可见他内心的纯净、宁静，这在他的文字中也可以看出。

《青青子衿何处寻》是发表在《散文百家》上面的一篇散文，是写学姐燕的爱情故事的。历来写爱情的作品不可谓不多，《诗经》《西厢记》《梁山伯与祝英台》《红楼梦》《傲慢与偏见》，诗歌、小说、戏曲，各类文艺作品都把这一人类的永恒话题演绎得多姿多彩，淋漓尽致。信林写学姐的爱情故事自有他的构思，写得一波三折，开头就以他们很多同学都关心学姐第三次婚姻的对象埋下伏笔，给读者留下悬念，最后却给出一个令人意外的结局。尽管写的是真实故事，但是，在他笔下这个常见主题借用了戏剧上的手法，在文章的最后部分丢了一个包袱，扔给读者一个奇崛的结果久久玩味……

文学是语言的艺术，语言是作家气质的外在表现。汪曾祺先生说：“语言里很重要的是它的叙述语调，你用什么调子写这个人、这件事，就可看出作家对此人此事此种生活的态度。语言不在辞藻，而在于调子。对人物的褒贬不在于他用了什么样的定语，而在于字里行间流露出的情感倾向。”信林的这本书里已经开始有了这方面的影子，发表于《福建文学》（2022 年第 8 期）的《我的水晶球》一文，他在叙述自己小时候得了气管炎之后，是这样描述的——

> 白天，小脑袋竖着，呼吸还能跌跌绊绊勉强维持，到了夜晚，睡到床上，那是氧气的高度紧缺，续命的空气始终被堵在送达的半路上。上气不接下气的挣扎伴随着喉咙里破风箱的挤

压摩擦声，使我在八九岁的年龄便成了经常出入大队卫生室的“病坛子”。

看得出，作者在叙述过程中已经有了这样的“调子”。不过，这样的精彩之笔似乎还不够多，这大概也是作者今后努力的方向。

衷心期待我的这位同乡有更多的精彩作品问世。

（序作者系著名散文家、评论家，中国作协全委会委员，鲁迅文学院常务副院长。）

目 录
CONTENTS

第一辑

心曲涓涓流

青青子衿何处寻

一

燕是我的学姐，那天，听说她又结婚了。

听到这个突然的消息，心里难免疑虑、酸楚，甚至刺痛，仿佛被螃蟹的钳子夹了一下。她的前两次婚姻我是知晓的，也感受到了她在这风风雨雨的二十多年里的隐忍和坚持。唉，算起来，玲珑、清秀的她也五十开外了，这样的不舍不弃是对既往生活的不甘？还是“畏老惜残更”？要不，是想对第一个男人进行彻底的报复……

好久没有碰面了，不知燕悠悠盼来的子衿到底是谁。但是，心里总隐隐地为她担忧，万一遇上“张汝舟”那样的男人，火鼠冰蚕难同一室呀。

不仅是我，当年的很多同学都时常念叨，无论是秀雅的长相还是当年一路领先的成绩，她如同吸引同学们目光的一束花朵，用现在的话说，她是同学心目中的女神。

二

跨进大学门槛一年后，漂亮的燕与帅气的岩恋爱了，岩是我们当年的同班同学。

读大三的时候，晚上接近十一点，我们在姑苏那所美丽的大学校园里碰见，其时她刚从图书馆出来，背着一只不大的书包，手里还捧着一摞书，那神色一看便明白，刚刚过去的几小时她又经历了一次惬意的书海漫游。看得出，尽管当时她与岩处于热恋之中，但是，毕竟两城市之间的来往都需要时间和金钱做基础，他们是在书味里消解相思之苦了。

她和岩的恋爱带着那个年代同龄人懵懵懂懂的麻木和跟风。高考前，在师长们喋喋不休的警告声里我们都把恋爱视作专为干扰前程而来的洪水猛兽，异性都一概地成了感兴趣的陌生人。等到跨进大学校门就如同遇到特赦般担当起恋爱中的男女主角，有人甚至把恋爱当成对之前勤奋苦读的补偿。当年城乡差别如同霄壤，从农村飞出来的大学生只能被迫自立，所以，恋爱常常没有方向感、缺乏烟火气。当时的恋爱一般都是学历的对应配置，高学历的男生找一个比自己学历低些的女生，至于未来的家庭、生活、住房和子女等问题都被归为世俗的多虑，结果，校园里的恋爱总是难过毕业分配关。那时我们总说，恋爱过不了暑假。

不过，燕和岩的恋爱还好。岩当年读的是大专，先一步分配到省城工作。之后一年，燕也跟着融进了六朝古都的繁华。他们俩一个在灯红酒绿的饭店，一个在省级机关，此时的生活顺风顺水。再后来，他们步入了洞房……

三

燕跟岩恋爱之前，其实有段感情序曲。

那年，一只飞鸿静静地停在强的学桌上。尽管信封上没有留下寄信人的名字，但是信封上红色的毛体校名和娟秀的笔迹已经透露出其中潜藏的芳心。我这样判断可能读者认为有些牵强，先期考取的女生给曾经的同窗男生写一封信，送一份安慰，传授学习经验，如登顶的成功者转过身来为后面的伙伴搭把手，怎么就往爱情上强拉硬扯呢？但是，走进象牙塔的同学为何只选择给这位异性写信，这深意其实是不言而喻的。鸿雁传情本来就是中国文化里的经典话题，如兰香般甜美、曼妙，带着幻觉。更何况，这鸿雁的两头存在着巨大的身份落差，男主人公强正在补习班备战来年的高考，命运未来扑朔迷离，其戏剧性跟《西厢记》里张生和崔莺莺的故事一样美逸传奇。紧张而寡味的补习班宿舍，一旦溅入爱情这个激素，立马催生一众少男身体里的荷尔蒙，让他们好一阵地躁动不安。

前一年，我跟强还有燕都在那所农村中学补习，内心里，我觉得他们两个人其实是很般配的。强，玉树临风，温文尔雅，无论文理在班上一直名列前茅，他的字自成一体，秀雅庄重俊逸自如，他的作文簿就是一本很好的硬笔字帖。当然，比他的字更让人佩服的还是文采，他的作文常常作为全校同学的范文。后来，强与现在的爱人恋爱，这位学妹在家整理资料时居然就发现了强当年的一篇作文打印稿。将他与玲珑秀气的燕作为一对恋爱男女“匹配”，感觉当初的相遇就是人生中的一个必然，是上苍的一个精心安排。

男女话题向来是少男少女们的感情“咖啡”。睡在我下铺的同学明捧着饭盆，一边将泡馒头干送进嘴里一边说：“强的艳福不浅，嘿嘿，运气怎的这样好的?！啧啧。”发这份感慨的时候明美滋滋地晃着头，仿佛这样的美事摊到了自己的头上啦。不过，这也难怪，论辈分，他是强的侄儿呢。年纪稍大一点的另一位男生慢吞吞地说：“强儿，你家的祖坟葬得好，唉……”一向会卖点关子的他，此时仿佛成了一个前观三千年、后测五百年的风水先生。

现在想来，其时，燕的第一个男人岩还没有向她发起爱情攻势，她在寻觅心目中的青青子衿。

四

多少年后，我们那帮同学都已经成家。有一年春节后小聚，几杯酒下肚，跟燕同在一个系统工作的峰问燕：“当年你怎么不跟强走下去?”

燕的目光扫了强一眼，然后坦坦荡荡：“强是好，但是，我觉得岩更合适。”这句话的弦外之音其实证明，当年她给强写信是有那个意思的。

强的脸上掠过一丝红晕后，马上对峰说：“我们是正常的同学关系，峰，你也不要在这里搅浑水。”

与酒无缘的岩，还是他过去一贯的风格，漫不经心地接上一句：“强没我下手快呗，这个他没办法。”在一个班的时候，全班同学谁不知道强和岩是铁杆儿，所以，燕跟岩的结合当然不会影响他们的关系。

接着，燕看着强的爱人，对着全桌的人说：“小周比我不知好多少倍呢，果差（如皋方言：是不是差不多）?”离开家乡十多年，与老同学说话，她的家乡话依然纯正、自然。

强和岩两人当年是同桌，尽管都是一样帅气的小伙子，但是两人的性格却如同云泥，岩是个外冷内热的人，浪漫率性，信马由缰，大概是学日语的缘故，当年在中学校园里就留着小小的八字胡，班主任、教语文的张老师用“俨然”造句的时候脱口而出：“岩同学长着‘八字胡’，俨然一个日本人。”全班同学哄堂大笑，他却坐在座位上面带笑意，晃着腿，那神情还有一点藏不住的小得意。强，内敛宽厚，文质彬彬，内心的约束力总让他说话做事谨慎淡然。当年，同学们就觉得他将来是从政的料子，多年后，同学的预测不折不扣地成了现实。当时，张老师对他的喜欢也是放在脸上的，在全班同学面前跟强开了一个玩笑，说他睡懒觉是为了防台风抗台风，结果把强弄了个大红脸。

后一年的高考，强因为长期失眠还是没有发挥出正常水平，录取在本地的师范专科学校，那年头，师专的学生都是“哪里来哪里去”的，就是说，一般情形下，强是要与家乡的高沙土缱绻一生的。当年，所有农村学生参加高考其实就是一次逃离农村的远征，挤过高考独木桥的人几乎没有一个愿意再回归农村的。看到强后来的高考结果，燕是纠结的，大学毕业后还能坦然地回到那个刚刚挣脱的乡下吗？在高沙土里生活的十八年里，最难面对的就是时常挂在母亲脸上的愁云。挑战人生极限的高考复习就是为了跳出“农门”呀，好不容易已经逃离了，还要因为爱情再回头吗……岩虽然也生于农村，但是，他的酒店管理专业注定他要留在城市最显眼的位置。

如同帕里斯更喜爱海伦，燕后来选择了岩。

那年，我到燕位于省城的家里，她已是一个男孩的母亲，小孩活泼天真，是省城那所名校里的小神童，有着一般小学生无法企及的知识积累和敏捷思维。岩还是当年的随性做派，在家里是个“十指不沾事”的甩手掌柜。那天晚上，我们两人斜躺在宾馆的床上，面对面地聊了将近一个时辰，他坦言，这么多年收入不多，对家庭的贡献低微……其实，对他们两人在家庭里的角色我一点都不惊讶，他就是个“大男子主义”者，十足的大男人，他的理念里，“阃之内，女人主之；阃之外，亦女人主之”，他们小孩的身上有着岩的阳光和聪明，更多地折射出燕相夫教子的坚持和付出……

五

也许是事情过于美了，波折就会不请自来。

关于岩，同学中时有风言风语，但是，我倒从来没有听到燕对他的臧否。于是，我当时觉得我的这些同学是“羡慕嫉妒恨”进而泼脏水吧。然而，后来的情形证实了议论并非空穴来风——岩只身飞到了千里之外的云南、重庆去开拓业务。去之前，岩自己说，在省城生活得太平静、太舒适，会消磨人的进取心，所以，趁着年轻去闯荡一番……随着岩飞离家庭，飞回来的是关于他的花边故事，还有就是年末回来时的落魄神情……那个时期正是他们聪颖的儿子读小学和初中时，燕以她娇小的身子操持着省城里的小家以及老家的两个农村大家，忙碌和凄苦是不言而喻的。即使这样，同学间偶尔相遇，燕依然不改往常的随和与不甘示弱。

同学聚会，一桌人以家庭为单元喝酒，燕当仁不让，宁可自己硬撑也要呵护她滴酒不沾的男人。

女人的温柔和付出未必总能销蚀男人暗角里欲望的馋虫。最终，燕和岩还是分了。

在那段矛盾交织的年月里，燕有过彷徨，有人劝说，天涯何处无芳草。有人告诫，你别死心眼，花心男人就是十头牛也拉不回的。也有人出主意，你把儿子交给他，看他怎么照管小孩……夜里，看到儿子舒坦的睡姿，看到桌上儿子带回来的一张张近乎标准答案的试卷，她的内心里不停地撕扯着，总想，我现在抛下儿子，以后谁去照管？我要让儿子每天都去面对后妈刻薄的眼神吗？回到自己的房间，她下定决心，为了儿子，一定要把他拉回头。于是拿起电话，还没拨全号码，又缓缓地放下了，因为对这个家他从来都是不管不顾的。之前几次交流的情形又一次跳到眼前，这边说："儿子需要温暖。"他说："现在儿子生活得不是很温暖嘛。"燕坚持："儿子大了需要爸爸管教，否则人格不健全。"他说："我的老子是个农民，我那个时候他就不管我。"她狠心骂他："就是因为你老子没有管你，才让你变成现在这样子呢。"这句话也许深深地刺伤了他，电话里立马传来连续的嘟嘟声。

燕自知难以挽回这个男人，只能放弃。哎——了结吧。

最后那次交流，岩是有些迟疑的，但是，他终究没有转身。

一杯水与一抔土的融合，最终的结果有时是很难说清的。

燕跟岩分手若干年后有过一段短暂婚姻，我也曾遇到过这位姐夫。姐夫行伍出身，一个把老实本分刻进骨髓的人，跟这样的人生活在一起笃定实诚可靠。所以，当时经熟人撮合，他们就走到了一起。当时，我们就有同学并不看好这个组合：男人的兄弟姊妹多，家族关系复杂，前妻因病早逝，还有一个正读初中的女儿……处理这样的家庭关系，没有一个杀伐果敢的男人做依靠是很难应对的。所以，我的内心里总在思忖：这样的水和土能够融合吗？

燕太想摆脱第一次婚姻的困局了，她发现，第一次的选择也许是自己的想法过于浪漫。所以，她要对自己的爱情设计做一个颠覆性的修葺。她一反过去的观念，铁着心要找一个实诚可靠的男人，建筑一个可靠的爱情闺阁。不过，她万万没有想到，这一次，她让自己完完全全地陷进了农村的一地鸡毛。

姐夫是家族里最有出息的，兄弟姐妹、各方亲戚都想得到他的眷顾，多方“需求”和单方“供给”形成了明显的不对称，于是，多方的怨气也就难免了。我当时就感到身为学霸的燕碰到了一个难解的方程，是的，我们同学都见证了她不遗余力地去求解，亲历过她为这个庞大家族的拾掇和操心。有一年春节，姐夫妹妹一家在从南方回老家的途中惨遭车祸，身为嫂子的燕不推不让，调动了一切能够调动的资源和关系，千方百计地把事情打理妥当。但是，这本来就是一桩伤心事，无论她怎样地披肝沥胆，这个家庭的幸存者也不会破涕为笑……

所以，后来的分手其实就是时间问题。分手的时候，这个男人心里是有歉疚的，主动提出要补偿她一笔钱。燕的回答绵里藏针——

“你给钱？我是图钱吗？”

这个在军营里硬铮铮的汉子，刚才还在心里嘀咕：我应该给她50万？还是30万？万一她要80万呢？现在，被对方的回答呛得几近晕厥，脑子里一片空白，愣怔在这个倾慕的女人面前，此时，他们彼此的形象来了一次互换。他后悔自己没有好好地体会这个女人，错失了这个女人。现在终于明白，失去了这个女人才是人生中的“滑铁卢”呀……那天是怎么离开那个屋子的，如同酒后断片，他反复搜肠刮肚，始终找不出一点印记，但是，当时的那份尴尬和难堪却是胸口上永远不能愈合的伤痛。

这个男人走后，燕久久地呆坐在原地，很少流泪的她，眼泪扑簌簌地往下直淌……

七

万万没有想到的是，燕第三次结婚的对象竟然就是她的第一个男人。

听说这个消息，我的吃惊着实不小。好马不吃回头草，燕和岩不会不知道，但是，对他们两个人来说，做出了这样的抉择，肯定是有理由的。

当时的情形是儿子刚到海外读书，燕孑然一身，单位找她谈话，谈话人的态度倒是恳切，但内容却是燕最不愿触及的伤痛：因为岗位特殊，燕如果还是单身一人在国内，那就必须放弃职务。

连续几天，她焦虑、彷徨、无助：命运为什么总是跟我违拗呢？我有什么错惹得老天爷这样一再地捉弄我？我的面前还有多少波折在等着……她也想过了此一生，但是，想想远在海外的儿子，想想当年走过的坎坎坷坷，想到了远在老家的亲人，她觉得必须坚定地站着……

“寻寻觅觅，冷冷清清，凄凄惨惨戚戚。”

这时，她想到了岩，这个男人的花心是不必说的，但是，他终究没有将农村人的本分挤得一干二净。尽管离开了她，但是在儿子和所有人的面前从来没有诬陷她；分手后也一直没有再婚。这是为什么？是不是他有些后悔了？是不是还在等着自己……但是，跟他复婚，又怎样面对朋友和同事世俗的眼神呢？还有，两人都能绕开这分手后的生活吗？最后她下定决心，不能在同一个地方跌两次跟头，这条路不能走……

正是她否决第一个男人后不久，有人告诉她，那个不安分的男人得了癌症、生活困窘。她先是吃惊，然后是漫长的纠结。面对各种可能的压力，想想这个背着空空行囊的男人，她踌躇、抓狂，既爱，又怨，又恨。她为这个曾经爱慕的男人惋惜，悲悯于他的无依无靠；她在反复斟酌着，我能做什么？该做什么？如果把这个曾经同床共枕的男人接来照顾，又怎样处理关系？又怎样面对家乡的亲人……她明了，如果此时不管不顾，最难受的是自己的儿子，那才是她最不愿意看到的。

最终，她毅然伸出了援手，将岩接到自己的家中。

还是熟悉的家具，还是熟悉的摆设，还是那个温婉的声音，刚刚结婚时的那段甜蜜时光，曾经持续的冷战……岩的内心里更多的是后悔、内疚。面对那双熟悉的眼睛，面对这个病恹恹的男人，燕知道他此时的心情和想要表达的话语，她觉得，两人之间的“陈芝麻烂谷子”不能再提，最要紧的是两人平静地过好当下，让人生的晚景平静而踏实，让儿子不再在他们两人之间左右为难，于是，她站起来，拿出手机拨给了身在南半球的儿子，然后交到岩的手里……

后来，燕在单位推掉了所有不必要的应酬，每天下班后早早地回家，督促家里的那个“大男孩”服药，安排他的生活，这个“大男孩”依然保持着他的自由自在、无拘无束。

此时，我想起在中学运动会上，燕嘴唇青紫，第一个冲过 800 米终点线……

原载《散文百家》2023 年第 8 期

又闻摊饼香

早晨伴着零星的鸟鸣，一阵久违的摊饼香味缥缈地将我喊醒。这味道，就是葱、香油、盐刚刚撒到快熟的饼上，再过一会儿就要起锅了。楼上的大嫂最近几年来带孙女，常常在早晨弄些油饼、煎蛋什么的，当然，也有摊饼……

此时，我仿佛看到妈妈正站在家里的大灶上，右手拿着铲子麻利地摊匀这些作料，然后左手拉着如同小炒锅一样的摊饼不断变换着位置和朝向，嘴里不停地吹气将缭绕在眼前的水汽或油烟吹散。

离开老家的近二十年里，周末一般都要回老家，一来陪陪孤单的妈妈，二来我们在周末的两天里烧些菜放在家里，改善一下她的饮食结构。从早晨开始，我就到附近的早茶店买些烧饼、包子、烧卖、油条等点心。每次坐到桌边看到点心，母亲无一例外地会问同一个问题："这杲昃（如皋方言：东西）多少钱（一）个啊？"开始是少报，后来干脆就说："你吃吧，不贵。"说话的时候，我会马上拿一个放到她的手上。我知道，如果太贵的话，倔强的母亲会说："我不喜欢吃这杲昃，太破费。"毕竟家门口有两个早茶店，所以，后来有几个星期她总说："这杲昃太贵，哪如摊饼好吃，我去称点屑（如皋方言：面粉）回来，摊摊饼（给）你们吃。”后来，摊饼的葱油香味准时准点地氤氲在每一个周末的早晨。看到我们每次都吃得香甜，年近九十的母亲，围着土灶移动的脚步也变得更加轻快了。

有一段时间，吃了摊饼到了小日中胃子就反酸，我知道，这是摊饼硌人，想着劝母亲以后就不摊了。但是，想着一年多来她非常上心，不断地翻新花样，要么在摊饼上打一个蛋，要么摊荞麦屑的，要么摊玉米䃎（chǎi，碾碎的豆子或玉米）的，周五晚上她还会提前发布“安民告示”，告诉我们明天摊饼的式样。我还发现她的手艺也越来越好，有时摊饼起锅的时候还会说：“这一锅子你来尝尝看，果比刚才的一锅好吃?!”我也发现，母亲自从早晨有了这项“工作”后，跟我们交流的话题也越来越多了，有时还在我们面前推销她最近吃的醋蒜头、萝卜缨子……我发现摊摊饼成了她追求长寿的一个动力，终于没忍心叫停她的这份满心喜欢的工作。

其实，惯常的生活里，摊饼早已被散发着黄油奶油香味的面包糕点取代，现在的年轻人、小孩子实在看不上这土得掉渣的吃食。然而，在我的童年生活里，摊饼其实维系着一个家庭的人情世故。不是年节，寻常家庭与鱼肉鸡鸭无缘。但是，生活无论多么拮据，小麦屑也是如同种粮（粮种子）一样必须留着的，它是一个家庭的生活底气和脸面，每当一批小麦屑所剩不多的时候，当家人就要留出两三瓢包包扎扎地守护着，亲戚朋友来了，拿瓢馇屑摊锅摊饼这是农家之礼。所以，小孩长到了十几岁，长辈都要将摊摊饼的技能传授给孩子，这就跟男孩要学会耕田、耙地、刮猪圈，女孩要学会织毛衣、做针线、糊糨子一样。某某家孩子摊的摊饼能顶在头上走，就说明这孩子掌握了待人接物的技能，有了这样的子女家长感觉非常长脸。

我到了十来岁的时候，母亲也教我学着摊摊饼。从调屑开始，首先要把屑调成薄薄溜溜的面糊。面糊不能太稀，太稀了摊在锅里就成不了饼；太稠了，摊出来的饼太厚，不脆，甚至还黏的，口感很差。母亲说，调屑用的两只筷子拎起来，面糊往碗里流不断线就（功夫）到家了。其次就是锅子的火候了，锅膛里的火要均匀，不能光集中在锅脐烧，那样，锅底的一块早焦了，边上的还不熟。面糊下锅之后火不能大，家乡有个俗语，要得饼儿不焦欲烧不烧。

当然，摊摊饼不全是慢工，面糊倒到热锅上的瞬间特别需要麻利。母亲左手端着碗，将碗口沿着锅壁的腰身滑行大半圆圈，一边滑行一边倾倒面糊。面糊沿着锅面流淌的过程十分迅捷动感，一条条面糊的白线你追我赶地冲向锅底，每条向下奔流的白线后面都是一片面糊浩荡奔流，那场面如同骑兵将帅一马当先地冲在前头，带动着身后的万马奔腾、山呼海啸……那感觉如同是对苦涩生活的一次背叛和抗争。放下面糊碗的同时，妈妈右手已经操起铲子将汪在锅底的面糊摊展到刚才碗口没有光顾的缺口。这时，整个面饼如同叠放在大锅里面的一口小炒锅了。

当年的摊饼，我们能享受的就是客人告别后的剩余。其实，这个剩余的一块倒是摊饼里最好吃的部位，客人手撕摊饼都是从四周向中心突进的，摊饼四周的地方是最干白的，那地方油最少，火候也差些，所以，留到最后在笾子里的都是靠近锅脐的，汪着的油也多，熯得火候也最好，朝下的一面黄灿灿的，呈蛋黄色，朝上的一面油和葱最集中，香味最浓，不焦不黏，感觉如同今天饭店里的炸虾片，嚼在嘴里还有微微的“咔嚓咔嚓”脆响。那是我童年里为数不多的幸福时刻。如果哪一天放学回家，看到家门口放着一辆脚踏车，烟囱里冒着烟，母亲肯定又在摊摊饼招待客人了，那才是惊喜呢。

我读初二时，大概是1978年吧。学校组织我们年级到本公社的石桥大队参观农民居住楼，据说那是全省的先进样板。学校要求每个学生自带中饭，当时没有八宝粥、方便面之类的便携式食物，也没有现在各式各样的保温餐具。班主任老师出主意，就弄点踖儿馍点饼儿。我带的中饭就是摊饼，妈妈早上把摊饼卷成筒状放在塑料袋里，塑料袋外面用毛巾包着放在书包里。中午拿出来吃，才惊喜地发现，母亲包给我的摊饼竟然是小麦屑的呀，薄薄的、软软的、韧韧的，还有碳水化合物的香味，实在好吃。当年，生产队里种的大麦、元麦、小麦这“三麦”中，大麦和元麦因为产量高，所以播种面积很大，小麦因为产量低，生长期比前两者长个把月，所以，播种面积小。大麦是猪饲料，元麦是作为人的口粮，我们遭遇的元麦就像汪曾祺先生面对的慈姑。汪老先后在好几篇文章里说到慈姑，但是感受和评价完全一致，在《故乡的食物》中，他是这样说的——

> 我小时候对茨菇实在没有好感。这东西有一种苦味。民国二十年（1931年）我们家乡闹大水，各种作物减产，只有茨菇却丰收。那一年我吃了很多茨菇，而且是不去茨菇的嘴子的，真难吃。

那时的小麦屑十分珍稀，只有家里来了客人才摊小麦屑摊饼，母亲早上说摊摊饼让我当中饭，我当然知道是摊元麦屑的。所以，我当时就想好了，中午就咬一两口对付一下。不承想，母亲摊的竟然是小麦屑的。吃着摊饼，过（如皋方言：搭配）着神仙汤（酱油汤），感觉自己就是小神仙了。也许是疾病煎熬和上学早的缘由，我比我的同龄人更加敏感善思，吃着摊饼的时候，我竟然想到这个中午，我的父母、姐姐正端着大海碗喝着涩口的元麦䊢粥呢。小麦屑是家里留着来人时吃的，我吃了小麦屑摊饼，下次家里来客人母亲拿什么招待呢？早上馇屑的时候，母亲的心里肯定不好受啊。

家乡的吃食与节日是联系在一起的。立夏吃煮蛋，端午吃粽子，七月半吃扁食，腊八吃腊八粥，冬至吃汤圆，摊饼则是清明的安排。清明节的早晨，家家都要摊上几锅摊饼，摊饼上放上杨柳的嫩尖，有着清香、微苦，长辈们说，吃了杨柳摊饼，就会记得祖辈们的恩情。

摊饼是我们江海平原上的吃食，闻到摊饼的味道，我又想起了我的母亲。

原载《江海晚报》2022 年 4 月 4 日

生命里的暗示

当年，我成为那个高中高一新生的时候，是年级里年龄最小的，只有 13 岁，要知道，就在一年前，我还是跟父母同睡一张铺呀。

由于自己缺乏独立生活的能力，加上几次偶发事件，让我的厌学情绪达到了无法想象的程度，曾经给我带来荣耀和自信的学校和教室，在这个地方，却如同“黑屋”一般让我生厌。在这个校园里颟顸了将近一年，依然感觉格格不入，教室里的木头黑板、盛粥的木桶、同学话语间土得像开裆裤的方言……如同排异反应一样让我无法接受。于是，总怨恨学校的时钟走得漫不经心，从周日到校的那一刻起，就盼望着周六下午散学的钟声。对一个月后就要进行的期末考试总感到无措和无奈，内心总飘忽着各种各样的幻想，甚至异想天开地希望能有一个急病降临，让我名正言顺地逃避考试的煎熬。

晚饭结束到晚自修前的这段时间，是我一天中最惬意的时光，晴朗的天气伴着懒散的行动、不拘的言谈，让我的思绪逃离枯燥的学习。在这个校园里，我意外地喜欢宿舍区水井边忙碌的场景，喜欢教工宿舍传来的锅碗瓢盆的声响，我讨厌同学那匆忙的脚步，我觉得那些匆忙的脚步是对我们几个人的嘲笑和耍弄。

那一天，如同波澜不惊的池塘让一个石块打破了宁静，父亲的突然出现，着实给这个偏僻古朴的校园带来了一阵小小的骚动。

就在我们几个少不更事的“懵佬儿”在教室外海侃神聊的时候，父亲的自行车从教室西侧的通道悄然而至。父亲下了车，直往我这边走。站在我对面屋檐下的同学大概意识到来人与我有关，先是一惊，接着停止了说话。我虽然感觉到他们的神情变了，却依然叽叽呱呱地没有消停，等父亲挨近身边才一个激灵地瞠目结舌。一阵惊讶后，我羞赧地叫了一声：“父。”父亲没有什么不快，用他少有的爽快答应了我。他撑起自行车，连忙从后车架上解下一条新毛巾裹着的小包裹，打开毛巾，里面竟然并排躺着“黄猫儿”（酵条，一般人称为笼糕），一根完整的，一拃长，另一根已经撅掉了小半。他说：“这是罐头厂的，还热的，晓得你喜欢，来，吃吧。”我是喜欢吃笼糕，但我还是在心里埋怨父亲，怎么不知道弄个包挂在龙头上呢，这样用个毛巾捆在车架上显得多难看多寒酸呀！还有，在那会儿就拿出来，还叫我当场吃，我怎么会当着教室里这么多男女同学狼吞虎咽呢……接过温软的“小黄猫儿”的一刻，我隐约看到父亲瘦削的脸上掠过一丝难得的笑意。我赶紧转过身子朝宿舍走，我没好气：“快点儿走吧。”父亲便像做错了什么事情，慌忙推着自行车跟在我后面一声不吭。

逃离教室门前，我感觉解脱了许多，这才想起笼糕的事。

老家罐头厂两年前刚刚建在我们村，一条沙石公路将南北两侧分成两个世界，路北是工厂，路南是农田。上初中的时候，我常常背着夕阳放学回家，在这条沙石公路上，我就感受到公路两边泾渭分明的两种气息。公路南边的男女老少还在争分夺秒地与饥饿抗争，路北的工人已经端着白搪瓷饭盆三五成群地到食堂吃饭了。吃完饭的，在饭盆里面放上一截“小黄猫儿”，悠闲自在地晃回宿舍。宿舍里更是热闹，断断续续地飘来笛声或口琴声……假期参加劳动，看到这般情形，我对公路对面的那个未知世界充满了无限的好奇和神往。路南路北相距很近，甚至都能听到彼此说话，但是，分明就是相互隔离的两个天地。

那个烫着红字的白搪瓷饭盆和那个白嫩的“黄猫儿”，让我神往，我甚至想象着吃到那白面“黄猫儿”的惬意。对一个刚过10岁的小孩来说，眼馋嘴馋是再正常不过的生理反应，我痴痴地盯着白白胖胖的、梦幻一样的“黄猫儿”不停地咽口水。如果当时有哪位画家能捕捉到我的目光，以《奢望》为题把那眼神真实地表达出来，或许就是一幅传世之作。在田间劳作的父亲当时肯定看到了我的那份渴望，他一定自责自己不能满足儿子的愿望，不然，他今天不会骑上十几里路专门给我将白面“黄猫儿”送来。

父亲是罐头厂的临时工，不够资格在厂里吃饭，我想象着手上“黄猫儿”的来历，感觉不像是他买的，如果是买的，那起码是两个完整的。会是某个好心人送的吗？似乎也不可能，父亲是一个特别有自尊的人，从来不愿接受别人的施舍。那么“黄猫儿”是怎么来的？我的眼前仿佛出现了一个画面：就在老家路北的罐头厂，临近下班的时候，一辆加长的厢式货车气喘吁吁地拐进厂区。面对小山一样的货厢和纷纷走出厂门的工人，焦急万分的带班长只能叫父亲他们几个临时工加班。几个临时工来回于冷库和货厢之间，汗流浃背，带班长过意不去，所以才给他们每人两截笼糕作为酬劳。或许是父亲自己实在太饿，或许是父亲有意在旁人面前做出洒脱的样子，他撕了一小半笼糕吃了以后就悄悄地收藏起来。他心里其实已经盘算好，等下了班就把笼糕送给自己的小儿子——唯一还在读书的我，他甚至想象我接到“黄猫儿”时的那份高兴劲儿……

走在父亲的自行车前面，我把笼糕托在手上，感受到它的温热和松软，甜美的酵香吸进鼻孔，吸进胸腔，这可是每年春节时才有的享受呀。我想到了腊月里家里做馒头时的热气腾腾、烟雾缭绕，想到一年年的除夕夜里母亲在列祖列宗前为我的祈福……眼泪如决了堤的洪水汹涌而下。从教室到宿舍两三百米，但是，那天走了多久我根本不知道了。到宿舍前时，我埋着头把笼糕送进小木箱里，乘着进宿舍的刹那，将眼泪抹了。父亲并没有像其他同学的父母那样唠叨，教育子女要用功、吃苦之类的，他就是一个把爱和话语藏在心里的人。

无论是姐姐、哥哥，还是我，上学期间父亲是基本不到学校的，这大概是困蹇孤独的生活给父亲烙下的印记。爷爷是父亲11岁的时候溘然离世的，据说爷爷走的时候，正是大夏天，父亲从私塾放学回家，爷爷已经永远地闭上了眼睛。奶奶面对家庭的突然变故，在父亲放学回家前无奈逃遁（一年后客死他乡）。年幼的父亲捧着青布书包，一边哭一边用手指抠着泥墙上的墙洞。痛失怙恃的父亲后来被寄养在伯父家里，辛酸压抑的生活使他变得沉默寡言、孤僻隐忍，他把生活的苦涩和绝望深深地埋在心底，从没有跟任何人说过这段经历，这些也都是邻居里的年长者说给我母亲听的。

我记得有一次，秋夜的一豆油灯下，我们全家坐在磨盘边，母亲纳着鞋底，父亲告诉我们，他在私塾的时候读过《百家姓》《千字文》《大学》，他还说，他也能认识一些字。我很兴奋，当即将我语文书上的字指给他读，他用家乡话居然读出了好多字……儿时学到的很有限的那一点，他都还记得。

学生的言行有时是十分怪异和荒诞的，他们往往把同学父母亲的信息当作自己发现的新大陆，然后怀着满满的成就感在大庭广众之下放肆地发布这些八卦新闻，奚落当事人，这让很多同学都害怕在学校看到父母。偏偏父亲今天奇奇怪怪地还穿了一件条子花纹的衬衫，我预感到，他的这个穿着注定是要被我的那些同学嘲笑了。这件衬衫，是他的一个朋友做好了之后一直没穿，送给我父亲的。父亲从来不肯穿这种花里胡哨的衣服，所以，这件衣服过去就一直压在家里的高橱的最里面。但是，父亲今天穿了，而且还穿着它来到我学校。从父亲到教室门口时开始，教室里就骚动起来，口无遮拦的 L、S 和其他几个同学立即开始评头品足："咦，大男人还穿花衣裳啊，啧啧。""穿错了吧！"然后，我听到教室里传来桌子和高凳移动的嘈杂声，很多同学纷纷站起来甚至还挤到窗口张望，"哈哈，真的！真的！穿的花衣裳！""唉，有意思，有意思。"……走在我身后的父亲是肯定听到了，此时的父亲一定很自卑、很自责。

关于当天父亲的穿着，我是在之后若干年才知道内情的。那天父亲加完班回家，匆忙洗澡换衣服，可他偏偏没有一件可以穿的"出客"衣服，母亲就拿出闲置在橱里父亲十多年都不穿的那件条子衬衫。父亲当然不肯穿，但是，母亲偏要他穿，说不穿这件条子衣服，他就不要把"黄猫儿"送到学校了。母亲要自己送，而她又不会骑自行车，走十几里的路程一来一去得两小时，黑咕隆咚地走夜路，父亲当然不放心。思来想去，这件事只能由他自己完成，父亲最终只能委屈自己。

我将"黄猫儿"放到小木箱之后就匆忙走出宿舍，我眼睛盯着父亲那双穿了好几年的海绵凉鞋说："你快回去吧。"父亲知趣地应了一声："噢，我晓得。"一边答应我，一边拎着自行车掉头。我以为他要走了，但是，他又突然停下来撑起车子，转过身子说："哦，我给你点零钱?"不等我回话，他的右手便从他的大裤袋里掏摸出他的钱包，钱包其实只是一只蛮大的塑料袋，横竖几个回合对折后才变成茶干块子那么大，他用手指在唇边沾了点涎，点了一沓给我："两块钱，你拿去。"然后又把剩余的一小沓放进那个"旷荡"的塑料袋。放好钱包，他突兀的喉结动了一下："我走了。"此时又露出了一丝笑意。看着夕阳里父亲疲惫的身影，想着父亲还要骑半个多小时才能到家，我鼻子一酸，眼泪无声地就掉下了。父亲很少出远门，也很少骑车，这个时候光线又很昏暗，想起家旁边的如黄公路连续不断的交通事故，我在心里默默地念叨着：父，您千万不能出事啊！

父亲回去后，两小时的晚自修，我跟往常一样没有温习当天的功课，但跟往常不同的是，我没有说一句话，我的脑子里不停浮现出父亲干瘪的身子，想起父亲从他那折叠得四角见方的塑料袋里拿钱的那份执意，想起父亲转身时脸上掠过的那份笑意，想起当年跟我现在年龄相当的父亲经历的巨大磨难。在教室里，我眼睛又湿润起来。

……若干年后，我走上这个学校的讲台，"小黄猫"成了我们早晚饭最常见的普通点心……不自觉地，我总会想起那些以往的时光，还有那个初夏的傍晚。

原载《太湖》2020 年第 4 期

我家小子初长成

儿子今年二十九了，但一直觉得他没有长大。于是，对他未来的生活，我总很焦虑。

那天下午五点多钟，他在朋友圈里发了一条消息，标题是：体验下（加得意的表情），内容是：算不算公车私用（加龇牙表情），下面是一张“××工业园区保洁三轮车”的照片。我知道，这是他借这车拉装潢材料为培训教室装修。

这条微信让我看到了儿子的变化。首先是他不再鄙视垃圾清运车这类脏兮兮的用具了。他从启蒙上学就在县学故址上的那所名校，逢到开家长会，就如同县长召集会议，台下副市长、局长、书记、老总一大堆，所以，这个班的学生总难免“贵胄”之气，孩子的穿戴全是名牌，教室仿佛名牌产品的展厅，老师倒成了参观者。我和妻子从儿子出生就坚守着“穷养儿子”的古训，上幼儿园的时候，他身上的衣服多数是我们的旧衣改成的，当时，他还十分快活：穿上爸爸妈妈的衣服了，仿佛自己也成了大人。到了这个班级后，儿子不再相信我们的说教了，他也成了名牌产品的“铁粉”。幼学如漆，经过小学阶段的熏陶，他的“耍大牌”习气已然在身上扎根，以致多年后，我们很多朋友都说儿子跟我们两人性格迥异。

高考后，他到艺术学院学习音乐表演，尽管我们把他的生活费降到生活所需最低数，但是，因为一些演出收入的进账，他大手大脚的毛病不但没有收敛，反而越发凸显。有一年暑假，参加一家广告公司的演出获得了一万多元，结果后来的一学期他还是向我们讨要了我们该给的生活费定额（我们信守当初的协定：增加、降低生活费要双方协商）。大学四年，他的帽子、鞋子、衣服，这些百元级、千元级的消费品总在随意地增加，所以，每逢放假，他总是一副甩手掌柜的派头，不像人家大学生总要大包小包地带着行李。

工作之初的两年里，他的收入并不高，除了日常的开销外还要供养一辆汽车，我的直觉，他的钱包其实是入不敷出的。于是，他用信用卡不停地透支，按照银行的诱导信息，每月只还“最低还款额”，等到后来拆东墙补西墙都无法应对了，他便匆忙搞起了第二、第三职业——在县城的闹市区开了一个酒吧、开办网络直播。

网络直播还投入了一些硬件，但很快无疾而终。

开始，酒吧的经营、管理还是足见其老板做派的，店里请了三个钟点工，自己一副老板的派头，结账时随性给客人打折，经常组织一些朋友聚会——给人的感觉就是这个店的利润实在是高得出奇（后来，自己说了实话，当时把流动资金没有计入成本）。我告诉他经营的基础知识，他的回话总是给我硁硁的感觉。后来，在我和他妈的多次劝说后，才终于坚持每天记账。算账、盘货、发工资、缴纳各种费用，一个月下来，冷冰冰的数据让他哑然。

市场的一个巴掌让他有了些许的理性，不再轻信暴富神话，渐渐知晓了传奇人物光鲜外表内的身心劳顿……他知道，都快而立之年了，不能再陶醉于天空的彩霞，自己必须在严严实实的市场里拓展生存空间。于是，破釜沉舟离开电台，晚上照顾酒吧，白天搞器乐培训。为了让自己更加强大，多少次在凌晨里提升自己的弹奏水平，多少次在深夜爬起来记下脑子里美妙旋律，多少次拖着疲惫的身子去为当地的足球队义务担任现场解说，到附近的小学义务辅导学生的社团活动，定期到健身馆打球游泳……他说，跨进了市场自己找饭吃，要有本领储备，更要有体能支撑，还不能脱离社会沾上“自闭”的毛病。听了他的这些话，我以为，他懂得生活了。

然而，对于生活仅仅停留在“懂”的层面是远远不够的，还应该有动手的能力和劳动的自觉。劳动是最好的教育，儿子小的时候，我和他妈就希望通过劳动让他拥有耐心和韧劲，在劳动中“会”生活。但是，这样的安排常常因为无奈而告终，白天里，大部分时间在学校，等到放学回家，书包里还有一堆家庭作业候着，不能因为劳动而不做老师的作业，那样的后果是可想而知的，所以，我们的家庭计划常常因为时间限制而草草收场，最终，我们对他的劳动训练只能以说教代替。这也是我这个曾经的教师对应试教育颇为不满的地方，考卷的分数逼着全社会心无旁骛地抓课本知识的教育，这其实是社会的偏执和对未来的漠视呀。儿子大学毕业后，我们就教他学习洗衣做饭，每每提及劳动，他总是一激灵式地嘲笑我们观念太过陈腐，让我们觉得提及劳动是十二分的不合时宜。私下里，我多少次跟妻子感慨：如果什么时候儿子自觉劳动了，那说明他成熟了。

看到“体验下”这条微信后，我很宽慰。一方面是他对生活有了辩证的认识和领悟：在感受生活光鲜的一面之外，还必须直面客观存在的暗淡和脏乱，如同吃了可口的饭菜总要排泄一般。另一方面，不像过去不屑于从事力所能及的劳动了，有了自主性的劳动，“会”生活也许就不遥远了。所以，此时我在心里说：我家小子初长成。

原载《江海晚报》2018 年 10 月 25 日

哥哥曾是小木匠

我清晰记得去年底哥哥的电话："老二，我与开发区（房产商）的合同刚刚签好，厂房转给我了，我再把它租了——唉，这样子我睡得着觉了"。放下电话，我仿佛看到哥哥坐在汽车里释然的神态，不过，经过这几十个日日夜夜的煎熬，额头上的皱纹肯定是加深了。

事情起源于一次借贷。四五年前，开发区的一位房产商找到他，要借一笔资金，以刚建成的标准厂房做抵押，两年内还不出本息，就将厂房转给哥哥。当时签了协议，开发商说房产证等些时日就能拿到……双方交涉的过程里，哥哥咨询了律师，律师告诉他：拿不到房产证，一千万随时可能打水漂儿。要知道，这上千万的积蓄，是他打拼数十年的血汗哪。

40 年前，16 岁的他开始跟着师傅拉大锯、抡斧头，真有点儿悲戚。刚进高二，本该继续念书。但是，读完高中还是逃不了回家"扛扁担"的命运，回家务农就意味着跟父亲一样继续过为吃饭发愁的生活，看到附近少数的几个木匠、瓦匠不仅吃饭不愁，甚至每天吃得摇摇晃晃地回家，所以，哥哥的心目中学木匠就是他的最美好的愿望了。后来，家里终于做出了让哥哥学木匠的冒险“决定”，说其冒险，是因为当年想学手艺，必须要大队领导点头同意，凭我们家当时的情况要大队领导同意其实很难，于是，只能采用“暗度陈仓”的办法，明里说还在上学，其实已经跟着师傅走家串户了。而这个“把戏”一旦被大队头头们发现，那哥哥就会成为反面典型，学是注定上不成了，说不定还要押回生产队务农。

所幸，当时正是1980年，联产承包在邻近的省份渐成趋势，所以，哥哥的木匠梦没有夭折。学成手艺后，“发家致富”成了当年的热词，“发财”如单相思中的伊人一直萦绕于哥哥的心头，两年的走村串户后，哥哥觉得这样做“门户”活儿，吃香的喝辣的，浪工也浪钱，于是，便在家里开办了木工作坊。他用做工精致、准时提货、经营灵活让自己成了要风得风、要雨得雨的宠儿，而附近大大小小家具厂成了家具市场上外强中干的“傻大个儿”，近百立方米的木材在一帮人刨推斧敲声中演变成了簇新家具。他成了当时人们羡慕的“个体户”，小木匠的名声也越来越响。

当时的他，只是一个劲儿地挣钱。夜晚的灯光下，他佝偻着腰在木材堆里逡巡，然后放下卷尺，取下夹在耳朵上的铅笔，在小纸片儿上画画算算，站起来的时候用拳头捶捶腰，满头满身的木屑越发衬托出他的苍老。我仿佛看到了邻村那个老木匠的身影。

七八年后，他将剩余的木材和合同转给了他的师兄弟，自己成了城乡公路上开三轮儿揽客的车主。三轮儿，家乡人称“兔儿头”，尽管速度快，也能遮风挡雨，但是其猥琐的外貌和局促、颠簸，总让好面子的哥哥感觉灰头土脸。

到了1990年代初期，哥哥便做起了他的汽车梦。

很快，他成了跑运输的个体户。其时，家乡企业改制如火如茶，新兴企业开张的鞭炮声此起彼伏。企业创办伊始，汽车这类高档消费品自然是这些新办企业敬而远之的，哥哥、嫂子开着自己的轿车不停地穿梭于企业和大小城市之间，那阵子，我回去的时候他们忙得不亦乐乎，大哥大、座机此起彼伏。放下电话，哥哥就会跟我说一下："生意来了，马上去接杨老板……"嫂子则说："锅子里的饭来不及吃了，我要去接王老板了。"这样的忙碌，换来了年底大笔大笔的收入。哥哥当时跟我开玩笑："我们现在一天挣你一个月的工资。"看到他说话时满意的神情，我很佩服他赚钱的眼光，面对市场里的利润缝隙，如同他当年做木匠选料一样精准，很少有拙料的。

市场变化总是让人难以捉摸，所以，市场上也从来没有常胜将军。哥哥在过了十来年的赚钱瘾之后，叫车的铃声变得日渐寥落，有的日子甚至出现了"打鸟"的现象，此时的哥哥仿佛又成了木材堆里翻检木料的那个弓着腰的木匠，他搜寻的眼睛一直在寻找挣钱的机会。当他听见很多有钱的朋友在交流着换车"经"的时候，他一拍大腿，对我嫂子说："亚梅，有法子了。"他把准备从事二手车生意的事一五一十地说了一遍，精明的嫂子这次居然一点反对意见都没有提。于是，开车子的哥哥成了经营车子的"老板"。

然而，"二手车"生意毕竟不是高科技，也不需要高智商，高中没有毕业的哥哥能搞，其他人也能搞，哥哥看到的商机其他人未必就不能发现，电台的节目里也都有了互动节目，一辆车开了多少年值多少钱，老道的驾驶员报的价格误差在千元之内。这生意利润透明、业务量小，一段时间之后，用他自己的话说，做这个只能消磨消磨时间。

哥哥的经济实力还是有的，做了这么多年的生意，他从来没有

“失手”，手里的积蓄使他有了足够的底气。后来，经朋友撮合，他与开发区的房产商达成了互惠互利的协议。一沓边角稍卷的协议放到我面前的时候，我感觉，对哥哥来说这是一份沉甸甸的投资。所幸，在多方的共同努力下，最终出现了本文开头叙述的结局。

从“拎斧头”到跑运输，再到“二手车”经营、厂房租赁，哥哥是乡邻眼里“走运”的一族，我分析，他的走运其实就是看到了农村改革和企业改制的变化，抓住了改革开放给自己带来的机遇，这是“小木匠”的门眼使然。

前几天，哥哥跟我说：“我现在每天总要弄二两。”听了这话，我觉得他的生活态度变了，他似乎有些力不从心了。是的，他的小木匠的底色注定他不能在这个闪光的时代耀眼，现在开始做个幕后的英雄，其实也是顺势而为。

此文获江苏省“我家40年”家庭故事征文三等奖

大姐的背影

对她的称呼，在我们同龄人里五花八门，有人喊她奶奶，有人叫她婆婆、阿姨，当然也有喊她职务的。这让我犯难了，按年龄和资历，怎么说她都是我的师长，但如果称她奶奶或者阿姨，那就把她叫老了，叫得她老气横秋，叫得她刻板古怪，这些，与她都是不搭的，所以，从情感上，我更愿把她放在我的同侪之列，还是称她大姐了。

熟悉大姐是从背影开始的。那时，市民巡访团刚刚建团，我也刚到市区工作，每天早晨，我们常常在 39 路公交车上相遇，这班公交因为时间较早，于是就成了我们几个的专车。我们上车的时候，总习惯地朝她喜欢坐的车厢后部看看，打声招呼。印象深刻的是下车后的情形，从终点站到办公楼，她总是拎着包走在我们这小股队伍的最前头。六十开外的人，走起路来既不昂首也不闷头，硬朗的肩膀丝毫不逊年轻人。一般老年人因为驼背弄得衣服的后背像鼓胀的风帆，难免顾此失彼，但是，大姐的丝质衬衫，从后面看既不紧绷也不簏簌，像商场里挂在模特儿身上的展陈。她大步迈进大楼过道的背影总能让我想起母亲年轻时的样子。不过，我总觉得，她当时的工作应该不会很忙。

她一直坐在创建处处理团部的事务。从办公室的西门进来，看得最多的就是她的背影。有时，看到她微微前倾在电脑前编辑照片，有时看到她在电脑上打交办函，也有的时候看到她默默地装订着文件，不管做什么，很少看到她倚在靠背上休息一时半会儿。想想她也是够忙的啦，年度会议的大部分材料，每一段时期的巡访重点，专题巡访的活动安排，都是她一人负责。她一直使用的那张木头椅子靠背似乎没有什么利用价值，只是时常挂着一件背心或外套。我也经常在电脑上处理文件，一段时间后，总要甩甩头或者摇头晃脑来几下，调节一下僵硬的颈椎，但是，却看不到一次她有这样的表现。看到她成天地盯着电脑，我总担心她的颈椎会出现状况，但是，她的颈椎、腰椎从来没有报警。她把工作和生活总是安排得井井有条，出生在北方的她，常常带些馒头来办公室当午餐，吃完饭她就在十四楼的走廊里走走，朋友圈里，她每天都要行走一万步以上。很多城市的干部来考察我们的文明创建时，听说她的年龄没有一个不感到惊讶的。三年前，昆明市文明办觉得我们的市民巡访工作值得借鉴，来我市考察后，专门发函邀请她去介绍巡访工作的经验。

我到文明办工作的时候，我的前任已经退休若干年，几年的空当里，据说，这块的工作是几个同志带手的。当年我市以全国第二的身份摘得文明城市称号，精神文明“南通现象”成了全国的品牌，抓着这个接力棒的时候，领导要求我们在长效管理上走出新路，而长效管理又是包罗万象，“上管天、下管地，中间管空气”，所以，心里总是惴惴的。其时，大姐执掌市民巡访团进入第十个年头，她是这条线上的行家里手了，这样，大姐就成了我的一杆重要拐杖了，我也学着在她后面亦步亦趋。

那是2013年的盛夏，我们带着新闻记者一起到郭里园中心路巡查。这条区间路当时已经被违法搭建和流动摊贩“全面占领”。路上的情形如同20世纪80年代电影散场，电瓶车、行人、自行车、三轮车搅和在一起，铃声、喇叭声、叫卖声、音乐声、骂街的、打招呼的、说笑的……应有尽有，那个场景现在在市区已经找不到了。偶尔有小轿车、面包车、小卡车深陷其中，只能耐着性子蜗行。从濠北路到钟秀路两边都是居民楼，但是，居民楼的墙体和楼号是看不见的，如同灾荒之年乞丐的衣服因为补丁太多底色找不到一丝痕迹。她背着双肩包在我的前面走得匆忙而小心，不时用余光提防着身边的车辆，仿佛临时的远行。背着双肩包，可能有人觉得这位老太的行头过于时尚，其实，她是为了腾出手来拍照，每个点位都要拍一个近景一个远景，否则，半天的巡访任务是不能完工的。

跟大姐接触多了，感觉她属于话不多的一类，但她的话总是言简意赅、恰到好处。有一次，我们交流熟悉的一个人，她说：“他眼里有活儿。”六个字，将勤勉、实在、爱思考、有思路、有主见、有主人翁意识这诸多优点全都囊括了。也许，这样的话也只有出自她这样“眼里有活儿”的人。退休前，她一直在企业工作，在她的眼里，好的工人、好的部门负责人，不光要完成领导交办的任务，还要善于发现问题找活儿做。听了这句话，我仿佛站在她的背后，我看到了当年在企业里同样风风火火的王丽娇。

大姐真的远行了，她的背影成了永久的记忆。

原载《江海晚报》2021年8月28日

童年的玩具

当年老家有个最好玩的东西就是风箱。长方形的风箱贴在灶旁边，比他矮一截，他能看得到它的所有地方，不像高橱和米柜，上面是什么样子他看不到，即使爬到高凳上面也看不到。风箱好，就是它的最上面的顶也看得清楚。

那时候，他家里没有老人烧饭，中饭和晚饭都是等着大人放工回来后才烧的。他肚子饿得直哭，父母也是没有办法，是饭是粥总得烧熟了才好吃。他就一边哭一边站在灶边看着父母烧。这样时间长了，他跟灶边的风箱也就有了感情，他感到风箱对他特别好，无论他怎么哭闹它也不对他发火，他在哭闹的时候它还在“啪嗒啪嗒”地为他烧饭。后来知道哭闹没用了，也就看看风箱，在灶角头和风箱上玩玩火柴盒什么的。风箱原先是什么颜色已经看不清了，他看到它的时候，朝外的一面就是说不清的颜色，现在想来好像是酱油一样的颜色。朝上的一面放着两块石头，满是灰尘。

尤其是它的上面是一个平板，尽管平时上面都积了一层的灰，但是，这并不影响他对它的好感，因为——只要他用手指在上面一画，就能露出一个鲜亮的指印；如果用整个手掌在上面一抹，就会露出小块的木纹。那感觉就如同几天不洗脸的女孩，某一日妈妈帮她洗了一把脸，满脸的污垢就突然消失了，露出了白嫩的皮肤，忽然变成了仙女儿。大人烧饭的时候，他就站在风箱旁边，手就在风箱上涂着抹着。刚刚启蒙上学的那会儿，他常常喜欢趴在上面写字，那感觉比他跪着高凳趴在八仙桌子上还要舒服。

家里的所有家具当中，风箱最让他好奇，风箱也是跟他最好的东西，平滑细腻，尤其是伸进匣子里的两根磨得光滑的梃子，黄得像蜂蜜，滑得像磨刀石，那感觉就像刚刚洗好的麻萝卜一样亮光光的。风箱的前后当头上的四个舌子最有意思，这两对自动摆动的“风口”尤其让他好奇，像两对小猫的眼睛一起闭一起睁，开开合合的，不间断地向他眨巴着眼睛，那可是他们班上女同学也比不上的眼睛啊。有一天，父亲在烧锅的时候，他对着前面的这对“眼睛”发呆，就在它睁开的时候，他用小手指抵住了，轻盈盈的，很可人，居然没有抵抗他，一直对他睁着眼睛，他正开心着呢，在拉风箱的父亲开口问他：“五儿（他的小名），你在做什么啊？不要把手伸在风箱舌子那块。”他立马把手缩了回来，但私下里一直觉得奇怪：父亲怎么知道他的手指伸在风箱舌子那儿的呢？

趴在风箱上时间多了，衣服上的灰肯定就多了，有时也就用手拍拍，其实手上也是脏的，说不定还越拍越脏呢。衣服上开始有了垢，那个时间家里和学校的老师也没有什么讲究，也从来不说他们衣服脏。那时候，一个冬天也就洗一次澡，身上的褂子和罩裤一个冬天也就洗一次吧。

还有一次，父亲在家里修风箱，拉开风箱上面的插板：“哇，这风箱里还有这么多的鸡毛呀！”他仿佛看到了一个宝藏，要知道，他要是把这么多的鸡毛摘下来做鸡毛毽子，说不定能做几十个了呢?！后来有一次家里只剩他一人的时候，他就悄悄地把压在风箱上的两块小石头搬掉，把风箱搬下来，设法把风箱上面的插板抽开，没想到，这个插板非常结实，他用尽了吃奶的力气却纹丝不动。最后，他只能知难而退，再将风箱放回原位。

他家没有老人，八九岁的时候，放暑假在家，就他一个人不要到生产队上工，在家烧饭的事只能归他。这样，风箱成了他最亲密的伙伴。烧饭之前，他要把风箱端下来，把风箱眼里的草灰扒拉干净，不然，烧火的时候，锅堂里没有风进去，火就不得旺，那要烧多长时间呀。夏天时候，锅堂门口是最让人难熬的地方，所以，坐在锅堂门口的时间越短越好。一个暑假下来他总感到风箱是跟他配合得最好的，从来没有跟他过不去。

他们小区的宠物几乎达到了泛滥的程度，物业公司好几次在电梯里贴出通知，用发生在本小区的宠物伤人事例告诫业主不要喂养这些宠物。邻近楼上的一位老年妇女有一次端着狗食走到楼下。对他说：孙女买回一只宠物狗，孙女没有抚养能力，只能由她代劳，家里的所有成年人都不同意饲养宠物，但是，孙女“一言九鼎”谁也无法改变，后来，经过好多次的教育引导，孙女才勉强同意把这条狗放养到楼下。这其实是他们小区宠物泛滥的重要原因。他想起了儿子当年在读小学时也常常是购买各种小动物回来，兔子、小白鼠、蝉、金鱼、小鸡……他和爱人都曾经客串过这些动物的保姆，但是，他们都是不称职的，这些小动物无一例外都在他们无奈的目光里夭折。儿子上小学的六年里，他们总是在不停地重复着购买宠物和饲养设备，学习和琢磨饲养技术，然后都是无力回天地看到这些鲜活的小动物被他们“宠死”。这些鲜活的小生命，除了给学校门前的小商小贩留下了不菲的利润之外，就是留下了儿子作文本子上的表达。老师们众口一词，说这样可以培养学生的观察能力和爱心。是的，前面说的那个奶奶当时就说，家里的所有大人都说不能养这些宠物，影响家庭环境，宠物的粪便总是将恶臭顽劣地藏在家里的每个角落……可是，小孙女以眼泪相抗衡，最终，全家人屈服于小孙女的眼泪。

有段时间，饲养小动物培养小孩子的爱心，几乎成了爱心教育的唯一手段。其实，爱小动物是爱心，但爱人才是最大的爱心呢，儒家思想当中一个重要的内核就是“仁”，孔子说，仁者爱人，说得更彻底一点，教育孩子爱身边的人，爱父母，爱爷爷奶奶，爱老师同学这才是最应该提倡的呢。为了培养学生的观察能力，不妨让学生写写自己的同桌，写写自己的亲人，写写自己的玩具，这不仅能培养爱心，还能培养观察能力，养成良好的道德品质，一举多得。

当年上学的时候，写作文确实难，他们都说是“榨油”。如果当时老师教买个宠物回去观察，那这篇文章就不仅仅是榨他们的油啦。

他至今依然怀念那只陪伴过童年的风箱，就是那只满是灰尘的风箱让他的饥饿不再饥饿，让他的孤独不再孤独，是每一个暑假里跟他合作得最好的帮手。

隐身老师

做个老师不好吗？何以要隐身呢？做太阳底下最崇高的事业，无须遮遮掩掩呀。但是，教育的手段和方式当是要服从效果的。

当年走出那所中学大门的时候，我在心里一次次地回头，毕竟，那个讲台上有我的专注、心血和永生的寄托。

从 19 岁到 29 岁，我在家乡的两所中学做了近十年的老师，目送十一届高三学生跨进高考的考场。我在一次次的高考磨炼中完善自己的技能，积攒教学经验，在一步步接近自己理想之际，我的喉疾告诉我，离开是最好的选择。

现在算来，离开讲台快 30 年了，但是，那块不大的天地却持久地给我带来收获，每年的教师节，我会收到来自全国乃至世界各地情真意切的祝福。时不时地，还有一些亲戚、朋友、学生请我为他们的后代培养“听诊开方”。

一学生晨星在市区一所名校读初二，他爸爸是我的学生，因为孩子在初二的时候出现了一些波动，甚至与父母产生严重的对立情绪，父亲叫他去学书法，他跟父亲说：“你就是把刀架到我脖子上我都不去了。”暑假一过，晨星很快就升入初三啦，这个时候出现这样的对峙，父母难免焦愁，这是其人生的关键期啊。我省的中考因为普通高中的录取率不高，所以，竞争的激烈程度一点也不让高考。

他的父亲坐到我办公室，言辞还是一如既往地恳切：“老师啊，您是我的老师，就是我的家长，我遇到了难题，还是想到了您。”毕业后的二三十年里，我的这位学生与我时常联系，感情笃深。这是他们家的大事，我必须尽力而为。

其实，孩子以往一直不错，只是最近一年左右的时间里，因为看了同班同学交流过来的养生书籍，开始对身体里的一些现象捕风捉影，进而心神不宁，对老师的教学多有质疑。按照我的建议，父亲与他交流后，他仍然不服，不得已，父亲将我抬出来，让儿子直接跟我书面交流。

于是，晨星发了封信到我的邮箱。

吴老师好！

我是晨星。我隐约感觉我爸爸可能和您谈了一些话，但是他很多时候只是“断章取义”甚至有些事根本不知情，他所了解的内容有很大一部分是自己的猜测、臆想，与现实不符。下面指出——

1. 并不是认为金老师不好，也不是中国英语教育不好，而是说如果想真正达到“会用”，不能只学学校英语。

2. 关于“养生”的事，并没有人左右我。我是在尝试、了解一些中国古老文化，解开迷信。并且我也以科学的方法去理解，与其说是盲目信从，还不如说是一种哲学思想、科学思想的研究。

3. 我有所谓“量身定制”的学习思想，所以不愿见您，不是任性使然，而是学习上其实并不存在令人“烦、急”的问题，我只是学习状态正在调整，实际上是爸爸并没有真正理解，自己打闷葫芦，(我) 好好说，(他) 也不好好听。

4. 我自己在好好努力，但爸爸天天早晚作息不调，时间飞逝仍没有成果，蹉跎了年华。我因此激励他，让他要积极调整。

5. 我并不曾反对书法，相反，我支持在放松时将其作为调剂之用，现在认知与日俱增，大好年华（时间本不多）应用在重要的事情上。书法刘老师想让我学隶书（第三书体）完全是因爸爸急于要我考十级，被迫往后推进，楷行未扎实，故我欲复顾。又隶书已写了一整遍，此书体并不深沉，楷行相较为难，时间不多，所以我不想投注在隶书上。

爸爸的文章我也先浏览过，在有关我的内容方面存在诸多问题，由于颇难解释，不曾多说。不料他已发给您，故此解释，多有冲撞，望老师包涵。

晨星

2018-8-25

看到这封信，我觉得这孩子很不错，思维有条理，也很有主见，不是成人语言的变声，也有一定文字功底，我甚至感觉到他已经具备议论文的写作能力了。我知道，小孩的事情是耽误不得的，于是，我很快地给他回了信。

晨星：

你好！

看到你的来信，我觉得你是一个有责任心、有进取心、善于独立思考的学生，这点，我为你爸妈高兴，更为你的这份拥有高兴，你有了这份责任心、上进心，起码在成长的道路上已经有了比较完整的动力系统了，这其实就是你们老师常常强调的理想和抱负。有了动力，再加上乐于思考，那就能更加顺利地达到预定的目标了。鉴于此，我就你在信中提到的几个问题，跟你聊聊。

第一个问题：学英语的问题。

我觉得你的观点很好，学英语不仅仅是学学校的英语，要为将来的运用考虑。你说的这个问题就是学习的终极目标问题：学以致用。你能提及这个问题我非常欣赏，这也是你留给我的第一印象。但是，所有老师对教育的理解是不同的，水平也千差万别，在课堂教学中的教学方法也良莠不齐。所以，如果还是金老师教你们的英语，或者你将来又遇到了如金老师这样的老师教你英语（或者其他学科），你在保持追求终极目标的前提下，坚定不移地学好它，这样才拥有了你对英语教育进行评价的话语权。这也是我上次跟你说的要适应老师的问题。

第二个问题：关于中国传统文化的问题。

中国传统文化中最具代表性的人物是老子和孔子。他们一个代表道家，一个代表儒家，另外还有诸子百家，浩如云海、博大精深，以我现在的水平还无法说清，更无法奢望说透。因此，我建议你现在先将学校里规定的学习内容学好，如果将来读大学时读中文或哲学类的专业再系统学习，为将来深入研究打好基础，厚积薄发。

第三个问题：关于你与爸爸之间“学习思想”的交流问题。

你有探索“量身定制”学习方法（把你的说法改一下，我觉得学习思想嫌大，所以，用了学习方法一词）的思路。这很好，办任何事都要掌握规律、讲究效率，力求事半功倍。但是，你的这个想法要跟你爸爸心平气和地进行探讨、研究（汪曾祺先生说：多年父子成兄弟），你爸爸当年考取苏州大学应该说是同龄人中的佼佼者，他的学习方法应该说是不错的，他这方面还是有经验的；另一方面，从你对你爸爸的了解，从我对你爸爸的了解，他是一个民主的家长，开明的家长，遇到这样的爸爸这是你的福气，是应该珍惜的。我分析，为什么你的爸爸听不进你的话，可能是他现在比较焦虑，因为毕竟你快进入初三了，马上进入人生当中的一次大考。因为现在时间十分紧张，所以，我建议你现在探索“学习方法”要在尊重普遍规律的基础上进行，这样可以少走弯路。如果觉得“学习方法”确实要大改的话，我建议你在高一的时候进行，我1992届如皋中学的一位高中毕业生（洪纯），就是在高一时改进了学习方法，整个高二高三学得轻松自如，当年高考是南通市文科状元，录取在中国人民大学。

第四个问题：关于你爸爸。

其实，你爸爸那次写给我看的那篇文章，我觉得很不错。我当时就觉得，只要我稍加修改，就能达到发表的水平。为什么没有改？我是考虑到他要经营会计师事务所，这方面，我已经觉得他很辛苦了（我有一位同学是税务局的，跟你爸爸也熟悉，早几年，我无意中从同学口中得悉你爸爸的工作情况)，同时，你现在即将进入初三，我不能在这个时候把他的兴趣往文学这方面拽，那样，我就是做了一件善意的坏事。你爸爸大概是 1970 年前后出生的吧?！他的作息时间我不太清楚，但是，你不能要你的爸爸像你现在这样作息，毕竟年龄不饶人哪。他们当年高考之前吃的苦可能是你现在无法想象的，人，有时也是要进行休整的，否则，就是透支生命呀。

第五个问题：关于书法问题。

我对书法有一点了解，以前写过一篇书法家的文章（我的散文集当中有)，最近，又写了本市书法家的一篇长篇的散文。我赞同你的观点，现在学楷书比学隶书更实用！

一个曾经的老师

2018-8-27

我的信发给晨星之后，他没有再给我来信。他父亲告诉我，孩子的几个问题都化解了。一年后，顺利地考进了市区的一所重点高中。四年后，我们在他的升学宴上共同舒心地回忆了当时的书信交流。

再说说与另一位中学生的交流吧。

学生华悦，他母亲是我的学生，从市区到县里的一所名校就读高一。一个男孩，几代人的宠溺集于一身，每年过年，压岁钱都是上万元，因为都是长辈们悄悄地塞给他的，所以，这些大笔的现金其实都是自己在支配。拥有这么多的钱，孩子自然开心，但是，对他的父母来说其实是潜在的危机。小孩从小阅读了不少历史、天文、地理、文学等方面的书籍，到了初中的时候，家里人发现这孩子能说会道，教育他的那套陈词滥调他几乎都能倒背如流，每当父母当中有一人开腔教育时，他马上就表露出不屑，有时干脆说，不要婆婆妈妈的。但是，天下的父母都是一样的，在他们的眼里，自己的孩子哪怕50岁依然还是孩子，特别是在高中这个节骨眼上，就怕孩子这个时候成绩下滑。都是独生子女，不能等孩子自己醒悟，没有等的时间。

从小到现在，长辈们都是围绕华悦转的，很多次出现成绩下滑的迹象时，父母都是越俎代庖地帮他化解的。按照学生的身心特征分析，到了异地读书住宿在校，出现不适应其实是很正常的。但是，他的父母十分紧张、焦虑，在他们看来，到了高中，孩子是没有时间犯错误的。

我知道，如果父母还想面对面地对华悦进行教育，那是肯定实施不了了。因为我跟华悦没有见过面，而且华悦与我没有感情基础，交流起来会非常别扭，也未必能达到理想的效果。所以，我们最终商定，以他妈妈的名义写封信给华悦，我形成一个初稿，让他们按照家庭实情再行完善。

华悦：

妈妈本想当面跟你交流的，但是，考虑到你最近学习紧张，没有时间，所以，就选择了写信给你。希望你耐心读完。

都说养儿像养花，小心翼翼，百般呵护。晴天怕晒，雨天怕淋，夏畏酷暑，冬畏严寒，操碎了心，盼酸了眼。而今，你已长成了一个阳光少年，很快就要跨入青年的行列了。我和你爸为你的成长高兴，但是，我们依然对你的成长颤颤巍巍。说实话，现在的社会诱惑太多，稍不小心，都有可能对你造成无法挽回的结局。所以，这次手机事件之后，我想用这样的方式和你进行一次冷静的交流。

最近我仔细想过了，你的进步确实不小——

1. 你“没有在学校玩手机”说明你还是敬畏校纪的，这是好的，一个学生在学校就要敬畏校纪，将来走向社会就要敬畏法律法规，敬畏社会舆论。

2. 你这学期的学习成绩进步不小，我和你爸爸还有老师都有目共睹。

3. 你后来也承认手机是你的，这也是进步，不像以前一味地抵赖。

4. 你不希望我和你爸揪住这件事情不放，浪费你的学习时间，这说明，你的心中还装有前程。

5. 有时候，你也会和妈妈说心里话，有时候还把曾经看过的《少年文艺》再看看，妈妈觉得你还保留了孩提时候的淳朴。

但是，不可否认，你这次犯了非常严重的错误，以至我已经好几夜都没有睡好。我不知道你有没有认真思考过你错在什么地方？如果没有思考，那我就再留一两天的时候让你思考，如果你已经思考过了，那就再站在父母的角度、老师的角度再深刻地思考一下，一个子女一个学生怎样和父母、老师、学校配合，共赴前程。

我建议你从以下这几个方面思考——

1. 思考一个简单的问题，我到海滨中学就读，家里一年在我身上花多少钱？

2. 这次，我最根本的错误是什么？

3. 爸爸妈妈这次为什么揪住这件事不放？

4. 一个人的德和才，什么更重要？

5. 从今以后，我应该怎样去完善自己，成为一个对家庭、对社会、对国家的有用之才？

妈妈不会讲什么大道理，但是，妈妈是爱你的，妈妈总希望我们全家对你的培养和呵护在你的身上得到体现。

爱你的妈妈

2019-5-16

几天后，华悦并没有主动找爸爸妈妈聊天，当然也没有回答信中提到的五个问题。他的父母再次找到我，告诉我孩子有所转变，希望我再帮他们写封信，巩固之前的教育成效。根据他们提供的情况，我又写了第二封信。

华悦：

我上次信中要你深入思考的几个问题，我想你已经思考过了。现在，你很多方面的知识水平可能超过妈妈了，但是，思维是有规律的，有些问题，不到一定的年龄是不会想到甚至是无法理解的。所以，妈妈作为过来之人，还是跟你做一次书面的交流。

1. 思考一个简单的问题，你到海滨中学就读，家里一年在你身上花多少钱？

我们都以一年计算，你到海滨中学来一年的借读费是____万，正常的学费____万，租这套房子____万，我和你爸爸的车子一年加油、保养合计____万，你在学校的伙食费____万，你一年穿衣____万，计____万。你爸爸全年收入____万，我一年收入____万，另外，市区景华苑房子的水电费、物业费____万，我们全家这些都是刚性支出，收支相抵还剩____万。

但是，无论多大的困难，我和你爸都会想办法克服。以前我们觉得你的年龄还小，所以，就没有告诉你，现在你也快成人了，所以，我们要让你知道。

2. 这次，你最根本的错误是什么？

自从到海滨中学之后，因为手机，你想想看，有几次了？（让他思考一下，然后告诉他是几次）所以，你最让我伤心的是又在手机上犯错，当然，你说的，你没有把手机带到学校。学校规定学生不能带手机进学校，说明学校已经看到了手机的危害性，你私自地买了手机，那就是错误。而且，同一个错误屡教屡犯，你想想看，爸爸妈妈能不难过吗？所以说，你这次最刺伤我的心的就是屡教不改，而且还私下里购买，搞暗中抵抗。这是对校纪的藐视、叫板。如同未成年人不能抽烟，你却公然地把香烟拿在手上玩，尽管没点着，但这种行为其实就和违法一样。至于你说的玩手机没有影响学习，这可能是事实，你自己说你也是克制的，四五天玩一次，这样不至于浪费太多的时间。你说用手机听听音乐，愉悦身心，这是事实，但是，你也应该坦诚地跟爸爸和我先讲一下，我们商量一下看看能不能找到一个妥善的解决办法。你用手机还有一个目的是跟同学聊天，晚自习下课，其实已经很迟了，如果这个时候在手机上聊天，聊得兴奋起来就会影响睡眠，造成第二天上课打瞌睡那就更不好了。你聊天也是在跟别人交往，如果你把这个习惯改为看书，那就是跟大师、作家、学者交往，若干年之后，你的素质和品位将会有大幅度的提升，腹有诗书气自华。当然，你也可以把这一段时间用来锻炼身体，有了一个好的身体，从近处看，对未来的复习迎接高考很有利，从长远看，好的身体对你来说也是终身受益的。

3. 爸爸妈妈这次为什么揪住这件事不放？

你屡教屡犯，说明你不听爸爸妈妈的话。说明你的法纪观念比较淡薄，如果我们听之任之，那是对你的不负责任，也是对社会的不负责任。而且手机的危害这是目前人们比较公认的事实，影响视力、智力，容易受到网络诈骗，等等，而且，学校三令五申不允许带手机进校，那就是学校已经看到了它的危害性。我不知道你是否相信妈妈说的这些话，我们现在可以在手机上搜一下“手机对中学生的影响”，看看人家是怎么说的。

4. 一个人的德和才，什么更重要？

德才兼备，以德为先。复旦大学的研究生林森浩，因为与室友黄洋起冲突，在饮水机里投毒，造成黄洋身亡，最终林森浩被执行死刑，造成了两个家庭无法挽回的悲剧。这样的教训太深刻了。

5. 从今以后，你应该怎样去完善自己，成为一个对家庭、对社会、对国家的有用之才？

做一个对社会、对国家的有用之才，最基本的就是要有正确的是非观，什么是正确的，什么是错误的，自己的心中要有界限要有底线，错误的事情坚决不能做，“勿以恶小而为之，勿以善小而不为”。

你是个阳光少年，也有比较好的基础，到了海滨中学之后进步不小，说明你很有潜力。上次，我跟你们班主任老师联系的时候，班主任对你的印象很好，她也认为你还能进步。所以，要有理想，自己定好的目标要一如既往地向着这个目标努力，有志者立恒志，无志者常立志。我知道，一个远大理想的实现，不是轻而易举的，是要付出艰辛的努力的，遇到干扰和挫折的时候，要有信心和毅力，要面对困难想出切实可行的办法加以克服，初心不改。艰难困苦，玉汝于成。在这一点上，我和你爸爸不管有多大的困难都会支持你去实现这个目标。

成长的过程中难免有困惑，所以，面对困惑要敢于跟父母讲，或者向老师，特别是自己尊敬的老师讲，在这个世界上，你的父母和你的老师是最爱你的人，你向他们敞开心扉就是接受他们的阳光雨露，就是接受他们的润泽。

爱你的妈妈

2019-5-23

几天后的晚上，华悦的父亲告诉我，他们家在海滨镇租了两间房子，每天晚上回宿舍的路上让华悦用手机听听音乐，现在华悦各方面表现正常。收起手机，我仰望着深邃的天空，感到华悦的父母真的很伟大。

第二辑

水清竹静

月下听泉

水是摇篮

生长在长三角的水乡，一眼望过去，不是池塘就是河汊，人生的来路里总有许多与水关联的故事。平平静静的水，在我的生命里始终就是一个救星般的存在。从小内火重，常常为口渴困扰，时不时地总能闻到自己嘴里的苦味……所以，无论寒夏，一到下课就奔跑着到学校附近的人家去要冷水喝。这将近一碗的冷水如同消防队员手里的水龙头立马浇灭了肚子里通红的火苗，整个人就还魂一样地回来了。这样的身体状况一直持续到高中，寄宿在校，喝水成了生活里时常面对的煎熬，晚自习的中途，我会溜到宿舍喝水，刚从热水瓶倒出来水，嘴尖着喝几口，舌头被水烫麻了也不解渴。想想当时我这个高中生最大的愿望就是在火热的夏天能够有一桶凉水痛饮，不是酒，不是饮料，今天想来也是够本分的啦。

水啊，真是小孩子夏天里的天堂。跟绝大多数男孩一样，我也特别喜欢下河洗澡。从初夏开始，几乎天天都想着法子溜下河去沾一下水。尽管我是老师心目中听话的孩子，但是，从小学到初中，总有和同学偷偷下河洗澡的劣迹。我在初二的时候，下午上课前的一小会儿还跟同学树高溜到灌溉渠的木桥下，用汩汩南流的黄水冲了一下凉，好在当时的木桥上没有女同学经过，否则，两个男生赤条条地在桥边戏水，那不羞死了呀。五年级前的那个暑假，我的同学喜林就是下河摸河蚌淹死了，如果当时淹死的是我，我想，熟悉的人都不会感到吃惊，因为我太喜欢水了。

我曾在《丢失的摇篮》一文中表达了我对家乡池塘的思念。其实，家乡的很多运河、池塘都给了我清凉凉的抚慰，那些粼粼清波就是外婆绵软的絮语，那淡淡的水藻味就如同妈妈的安眠曲，让幼小的心灵慢慢靠近温柔的港湾。汪曾祺先生的文章里也是满溢满溢的水，起先他自己没在意，在《自报家门》一文中他是这样写的——

她（安妮·居里安女士）谈了对我的小说的印象，谈得很聪明。有一点是别的评论家没有提过，我自己从来没有意识到的。她说我很多小说里都有水……我想了想，真是这样。这是很自然的。我的家乡是一个水乡，江苏北部一个不大的城市——高邮。在运河的旁边。

我看了他老人家很多书，没有看到一篇关于他自己游水的文字，大概他是不大喜欢游水的。想想也是，他出生在那样的望族，家里人肯定是不会让他这个带把儿的到水里去野的，水火无情哪。

我们家姐弟五个，爷爷奶奶早逝，我们都是在野外自然生长的，水、田野、树林都是我童年的摇篮呀。因为与水接触多，所以，始终对水亲密，对水充满着敬意，水，是我对家乡最沁凉、最柔软的记忆。

泉是圣洁的水

我们依存的地球表面四分之三的地方都覆盖着水，地球是个名副其实的水球。除了占据绝大多数的湛蓝海水之外，地球上最珍贵的是河湖、地下水、冰川。泉，是地下水当中最圣洁的水，它如同一位亭亭玉立的公主圣洁地留存在我的印象里。泉水以她的淡定从容直面此间寒冷的冬天，无论世界多么冷酷，她以不变的姿态给人温暖。烈日如火的酷暑，她把清凉馈赠给周遭的世界。

来源于地球内心的泉，带着一般地表水没有的矿物质，成为医治人间疾病的天然药汤，腾腾的热气渲染着周围葱茏的群山，带给人间云丝缥缈的意境。从地下跳荡出来的泉水，是出入于圣境的精灵，带着一身的纯净、清亮，带着地球母亲的真诚问候。我曾经造访过南京的珍珠泉、镇江的中冷泉、无锡的天下第二泉、大理蝴蝶泉，那份清净、安好，至今还潜藏在心间。终日未忘听，犹在耳根边。那年在庐山脚下，是不是谷帘泉我已经记不真切了，那个八月初的烈日里，泉边清凉怡人，泉眼边的石头上长满青苔，带我们实习的几位教授和我们这些学生操着泉边的勺子，轮流喝着泉水。这些平时饮食的餐具都不肯混用的教授们，对泉和对我们这些学生的身体竟然都没有一丁点儿顾忌了。那把作坊里生产的勺子，其间又回归成了瓠瓜做成的水瓢。大家共饮一泉，百无禁忌，这是不是因为泉的作用呢，我想，大概只能这样解释喽。

因为泉水纯净，所以，泉水成了圣洁的代名词，泉水仿佛就是恋人纯洁无瑕的心灵，一首《蝴蝶泉边》唱出了泉的本真，也唱出了爱情的纯洁。

寻一份安澜心境

“一岁年纪一岁事。”这是老家的一句俗语，初听像凉白开，后来想想，大概就是不同的年龄就该有不同的思维和不同的行为，这是“因时而异”的大白话。还有一个相近的俗语：“到什么山樵什么柴。”说的大概就是“因地制宜”的意思。随着年龄的增长，我对这两句话的理解尤为真切。

孩童时期，我常常喜欢哭，也不说什么原因，就是盯在妈妈身后哭，虽然哭得不厉害，也不伤心，但是让妈妈很烦，所以，妈妈大声对我说：“住声，不许哭！”但我却止不下来。母亲说：“你这伢儿，真是不晓得丑，你跟如一样大，人家这个昼星的（如皋方言：中午）把一茅坑的粪都挑了。”果然，如号子扬扬地挑着粪桶从我家旁边过去。听了妈妈的话，我有些奇怪，我跟如一样大，他已经天天在生产队上工拿工分了，我却怎么这么矮小的？跟我一样大的人在我们队里有五六个，从来没听说有如啊。但是，我听了妈妈的话后，一下子变得害羞起来。赶紧抹掉眼泪找笤帚帮家里扫地。其实，当时的哭是因为自己醒来的时候，听到东边路上其他小孩追打叫喊的热闹声，后悔自己睡着了，没能赶上他们的游戏，哭是对自己没跟上趟的懊悔。——那就是我孩童时期的想法。

每项工作都有各自的规律。刚到机关，一份工作交到我手上的时候就是别人下班的时候了。落实不过夜，这是机关工作的节奏。我很佩服这样的精神状态，自然跟着效仿，这样，别人下班的时点就是我加班的起点。事不过夜，等到我把领导的讲话打上最后句号的时候，已经是深夜一两点。那时脑子里全是铿锵驰骋、掷地有声的词汇翻腾，只能勉强躺到床上搭上睡神哐当前行的列车。那年月，生活里就一个节奏：赶。

一位作家说："肉体属于白天，灵魂属于黑夜。"当时，对我来说，属于灵魂的"黑夜"并不多。在学校里，偶尔还有机会坐灯光下写点灵魂里蹦出来的东西，到了机关，因为加班赶公文，自己的写作只能让位于工作，工作，在老家是被叫作"饭碗"的。于是，我的第一本散文集在时间上前后绵延了二十多年，自己都有了蜗牛的感觉了。当然，出现这种情形也不完全是因为工作，应酬其实也是干扰写作的一个诱惑，觥筹交错热闹的场景较之清冷的书卷对一般人来说磁性更强，我常常成为那个热闹场合的俘虏，一个晚上，白酒之后啤酒，笑看风云醉说事，文学的萌芽早被酒精烧枯了。我在写作上反复体会过逆水行舟，二十世纪九十年代初，杂文就在《杂文报》上发过，二十一世纪之初，散文《馒头干吃出的奋进》就被一家省级刊物录用，我也感到自己的创作一步步地有了提升，后来因为工作的变动，没有能乘势"奋进"下去。当时的自己常常在俗务与文学理想国之间撕扯着。

第一本散文集取名《月下行吟》，主要就是表现我当时的一个生活状态，我是在"行"呀。当时的封面设计就是一个背包客在月光下行走，是的，当时就感到每天有点脚不沾地地行走、奔跑。

持续的身体透支，我的"伙计"开始报警了。2020 年的一年时间里，先是心动过速被送到医院抢救，端午节的那天晚上，因为妻子坚持要送我进医院，及时的抢救把我从鬼门关前拉了回来。后来是带状疱疹发作。我在那年住院手术之后主动要求改变自己的生活状态。离开了那个火热沸腾的工作岗位，拥有了一份安澜的心态，静静地听，慢慢地品，可以集中精力地去关注，去分辨。也可以从心所欲地撂到一边不管不顾，时过境迁之后再做一次惬意的回访。这份心态其实才算是为“听”布置了一个时空场景。

听泉终夜静

有了一份安澜的心态才能安静地听。听什么呢？丝竹清音诚然曼妙迷人，但是，缠绵悱恻难免情多伤人。静谧的月光下，我更希望听到泉声。一眼泉水安卧在深涧丘谷，慈母般的眼神，满含深情地注视着周遭的变迁。泉总是秉持其特有的含蓄和深沉，言语不多，惜墨如金，但又是一贯地一言九鼎。我不知道世界上有没有时时狂喷狂泻的泉，我遇见不多，估计也是不多见的。有人把庐山三叠泉瀑布说成是泉，那其实是望文生义。

泉从来都是按照自己的安排起居作息，不分昼夜，不问寒暑，遵循着自己一贯的承诺，从远古，从唐朝，一路走来，无时无刻不在进行着自己的惯常生活，如同自然和人类之间传达着善意和美好的信使。我以为，南京的珍珠泉是相当稳健的，岩石边的一汪清潭，过一段时间，一串“咕嘟嘟”，再一串“咕嘟嘟”，泉声伴着珠玉般的水珠袅袅浮起，分贝并不大，平静安和，听着它的声音，如同感受历史老人漫不经心的叙说，生活的智慧就是这样悄悄地传递给了人类，看似平淡无奇，却是句句珠玑。

因为俗务困扰，睡眠如同狡猾的狐狸，总是与我违拗着。有人教我吃安眠药，我又畏惧药物带来的副作用。“听泉坐崖石，来洗人间烦”，我也想到了历代文人都把听泉作为洗刷人间烦恼的秘方，但是，我生活在一马平川的江淮平原，无泉可寻可听，曾经也有

“直须买断清溪住”的宏愿，然而经济实力总让我望溪兴叹。后来，我渐渐发现，一本淡雅的散文集就如同一眼泉流，每一篇平静的叙述，如同清泉汩汩流淌。每天晚上，躺在床上，读着安静、平和的散文，耳边就会传来泠泠的泉流之声，心跳也渐渐地合上文字的节奏，自然进入夜的安恬。一天就这样画上一个安静、圆满的句号。

梦里水乡

与这个曾经让我喜欢得不得了的自然村已经分别得太久了。今天，再次走近她，新驳的水泥河壁直撅撅地站在河岸，还有待用的水泥管、施工的队伍、新裸的黄土……显然，这条河正在进行一次脱胎换骨的改造。

我的思绪奔回四十年前。

这个自然村的编号紧挨我们生产队，是7队。当年在村小读书时，我有很多同学就是在这个村落出出进进的。冬日的清晨，站在家门口朝西南方向张望，不时就有背书包的小孩从那个村庄里蹦跳着冒出来，呼朋引伴，那童音沿着薄薄的积雪在寂静的天空久久回响。因为我家就在他们到村小的中途，好几个同学常常顺道喊我同行，昌荣那厚实的背脊就好多次驮过我这个小病号。

同学等我的时候，母亲总不忘问一下："你是哪家的？"他们说上父母的名字，我妈总会接一句："是垄圹上的呀！"垄圹，这个名字，让我好生遐想，因为"垄"跟"龙"的发音相同，我觉得只要跟"龙"搭上，那份"美妙"就理所当然。今天向作家陈根生老师请教，向我们附近年长者请教，这里的河多、塘多，田野开阔，所以，垄圹二字，这样写来似乎更妥帖。

垄圹的北边是一条小河，南边是大港，所谓的大港其实就是比较宽阔的池塘。与北边小河相连的是四条南北向的小河，整个自然村就是一个水写的“目”字，错落的房屋就停泊在这水绕着的土岗上。哥哥的干娘家就在垄圹，我至今还记得那个夏末的情景，门口的港池里清水无波，潭面无风，遥远的西南角漂浮的菱荇连着岸边绵延的芦苇，那份葱绿一直把我的思绪逶迤到邈远的天边……她家的东边是条小河，水清见底，河坡陡峻，芜杂的灌木丛里挺拔着几棵婆娑的大树，走近小河就能感到水的沁凉，如果不是害羞，是很难抵御住沐浴的冲动的……

昌友也是我的同学，他哥哥是大队的赤脚医生，我常常在犯病的时候被家人带到他家就诊。从我家到他家的路上，有个地方特别有趣，那是在两幢并排房子中间的小巷，只要走路的人脚步重了，就会有嗡嗡的回声，如同我们对着生产队瓮子喊一声之后的声音。有几次，他们生产队的好多小孩儿从这个小巷经过，把脚步抖得山响，我因为身体不好，不能加入他们的行列，但这个奇特的声音，让我一直没有忘记。当时，外公讲的故事里，总有财主把金银财宝用瓮子埋到地下的情节，于是，我总猜想着这个巷子下面也有着某个财主的秘密。稍大之后，我知道了，这是因为紧靠的两户人家山墙都是砖砌的，所以，脚步声就有了回声。而我们生产队，以及周边很多生产队都没有这样有回音的巷子，于是，这个垄圹显得更加奇妙。

每周一的早读课前，垄圹的同学常常要摆龙门阵讲昨天的故事，夏龙说：“用大木盆在河里扯（摘）了一天的菱。”昌友说：“掏了一个鸟窝，鸟窝里有三只蛋。”还有同学问：“刚才没遇到你，你是从哪个马塊子过来的?”……听他们的交流，我和其他来自不同方向的同学只是睁大眼睛听。唯独让我放不下的是，“马兔子”是个什么尤物，还可以让人从它身上走过去?!

不知什么时候，垄圹南边的两个大港渐渐萎缩直至消失。代替大港的是北边一条新开挖的小河，这条小河就是我在文章开头提到的这条整治中的河流。至于环绕在它们左右的小河，也都圈进了各家的院落或者被沙石塞满，灰蒙蒙的。

站在这个小河整治的工地上，我朝四周张望，几乎所有居住楼房的边上都搭建着千姿百态的棚披，难免给人拖拖挂挂的感觉。在房子的建造上城郊农民向来十分地执着，而对绿化和水体总怀有毅然决然的不顾和短视。

四十年前的那个水乡很多人都忘得一干二净了，甚至连她的名字也简洁地称呼编号：7队。是啊，那个水灵灵的家园如同梦境已经越来越邈远喽。

原载《江海晚报》2018年5月24日

蓦然发现

因为贪凉，五点多钟被冻醒。打开微信圈，看到新华社朋友的微信，好像是磨刀老人吴锦泉的一张照片，打开一看，果然是吴老在“感动中国”年度人物颁奖时的慈眉善目和那件熟悉的中山装，题目是《这个拥抱的幸福》，看到这特有温度的标题，怎能不读?!

这是新华社朱旭东老师的一篇采访笔记，记录了那天参加港闸区“弘爱社”活动的一段幸福时光。活动前，有人把朱老师介绍给吴老，九十高龄的老人，闻名全国的道德典型（提名奖）获得者，遇到的领导、人物实在多了，他哪里想得起来这个貌不惊人的中年人呢？所以，没有人们盼望的热烈、惊喜场面，老人礼节性地跟朱老师握了手就去参加活动了。曾经参加集中采访的朱老师再次邂逅磨刀老人，内心自然波澜骤兴，吴老可是他倾情和关注过的对象啊。但是，眼前的这份冷淡，朱老师因为没有一般人那样的希冀，所以也没有失落，他本来就很体谅老人。活动结束，吴老走出现场，再次与朱老师碰面，刚才介绍朱老师的一位同事心犹不甘，继续向吴老介绍：“吴老，他就是写那篇《慈善双雄》的人。”当年，朱老师将同样住在港闸开发区的胡汉生老人和吴老放在一起，写出了颇有侠士味道的报道。其时我离新闻稍稍远了点，没有参与两位慈善老人的报道工作，也没有拜读这篇报道。一段时间后，我为一次集中采访做间接服务，第一眼看到“慈善双雄”这鲜亮的四个字，心底里为这个颇有个性的命名叫绝。当时猜想，这个“命名”也许就是大家你一言我一语之后的集体智慧，甚至还经历了不少时日的演进吧。就如同港闸当地的花露烧（酒）很有特色，但要追溯源头，探究这个专利权属于谁，已经无法溯源，而且也没这个必要了。于是，我将这份没有指向的淡淡敬意窖藏于心，久久回甘……

中国的传统文化里是比较推崇偶数的，总希望好事成双，将相距不远的两位爱心老汉放到一起，冠以“双雄”，这真是一个美的发现和召唤。就像当年，我在家乡工作时，137 条“爱心邮路”延伸到所有的乡村神经末梢，让孤寡老人、少失怙恃者感受到“绿色”的庇荫。大概两年后，决策文件上将打造“爱心城市”作为道德建设的总体构想。第一次看到“爱心城市”的提法，我在内心里击节赞叹，觉得这个立意高屋建瓴、气势如虹，避免了精神领域活动常见的小打小闹式的猥琐，这是一个叫得响的品牌，心里充斥着对首倡者满满的敬意。后来，遇到家乡宣传部立新副部长，问起这个创意的来龙去脉，他介绍，这是受到《人民日报》龚永泉老师报道的启发。报道的最后是这样写的：“……一个‘爱心城市’呼之欲出。”后来，我遇到龚老师，谈及这个话题，他只是淡淡地应和了一声，算是承认了是他的首倡，只是他的这份不贪功、不张扬更证实“神人无功”的道家智慧。

大概“慈善双雄”这个说法，吴老本人也十分喜欢，所以，听说眼前这个人就是当年写《慈善双雄》的人，老人有些浑浊的眼睛条件反射般地一亮，给面前这个陌生的熟悉人一个大大的拥抱。拥抱，这是“老夫聊发少年狂”，是期待久远之后的一次感情迸发。吴老的不寻常举动，其实就是对朱老师当年这个报道的肯定。这个采访笔记也让我终于揭开了深藏于心的一个美丽悬疑。

可能属于“职业强迫”，对基层一个好的创意，一个让人感动的口号，特别是对基层群众中的鲜活创造怎样记录，我总爱琢磨和分析，像前面说的这两个事例，我与他们两位老师都相熟，当惦记着的谜底终于揭晓的时候，我如同体验童话《阿里巴巴与四十大盗》中的“芝麻开门”，心里美滋滋的。

原载《江海晚报》2018 年 7 月 9 日

那晚，月光其实很美丽

那晚，当我和妻子离开这个校园的时候，才突然感觉到，这秋夜月光皎洁，轻纱漫笼，空气里浸润着熟悉的稻香，一切是这般安宁、美好，走在这校园里静雅的通道上，脚底下仿佛漫漶着一段美妙的旋律……

此时家人们的心情与下午赶往这个校园的时候，已经形同霄壤了。

当时，我和妻子仿佛钻进了一个漫无边际的黑洞，没有声音，没有光亮，没有生机，车子往前开的同时也一直在下沉、下沉，如同开向了茫茫的盆地、深谷。

都说孩子是家庭的希望，但是，我们的儿子总是让我们做父母的心常常揪着。他的恶作剧总是冷不丁地就冒出来了，常常是，刚刚干完了一件漂亮的工作，好好坐着喝一口茶的时候，他的问题就突然地撞入了。这次，也是这样，老师来电说，他最近在学校里撂挑子了，数理化作业一概不做，天天在课上写歌词。听到这个消息，我气得几乎背过气去。两个星期前的月度考试中，他的状况已经逐渐与我们设定的路径接近了，当时，我还一阵暗喜，感觉这小子逐步走上正轨了。现在，他又南辕北辙地拿出这样的表现来，估计这是这个学校历史上闻所未闻的“案例”。我在心里咬牙切齿，这小子怎么到了关键时刻就犯浑呢?!初三的学生如同灌浆的麦子容不得半点迟疑，否则就会错过一季的收成啊，于是，我和他妈从百里外的城市火急火燎地赶来。一见面，他的第一句话就是：“我要学音乐!”我压抑着满腔的怒火翻看着他的作业本，好端端的作业本上，记录的全是那些乌七八糟的东西。按照我当时的心情，真想把这些本子全部摔到他的脸上，但是，我不能这样，旁边就站着我当年的学生现在这个学校的老师。这个学校就是我当年工作的学校分解开来的一所初中，儿子的老师中有很多就是当年的同事和学生。我必须珍惜十年时间里在教育系统积攒下的良好口碑。

看看眼前瘦小的儿子，我动了恻隐之心。突然有些怨恨自己了。不知什么缘故，自儿子启蒙入学开始，原先浪漫的培养计划渐渐与周边的世界“混合”，慢慢同化，我也成了无视孩子天性拖着孩子追赶考分的“恶爸”。于是在一年前，也把儿子转到了这所颇有声望的农村初中，希望他在学校的围墙内，与外部世界屏蔽，暂时过上中考前的“集中营”生活，埋头于书本，在征服一道道习题的过程中训练才智。不想儿子在枯燥的数字和字母的公式里感受到的是时间的流逝和无意义的重复，他根本无心把无数的重复转变成技能，然后用刚刚训练成的技能跳起来去触摸新的高度，实现在日后的考试中拿到更高分数的目标。

从小学开始，他就缺乏对数字的感情，甚至藐视数学的必要重复，视重复为无聊。老师们知道儿子此时的想法与我的初衷风马牛不相及。他们预感到我对儿子目前行为的不堪容忍。他们知道，当年我在这个学校做高中班主任的时候，尽管不认为文化考试是成才的唯一路径，但脑子也有一个观念，那就是一个文化基础科目尚可的学生是不该走上艺考的“旁门左道”的，我觉得艺术和浮躁、绯闻、浅薄滋生在一起是互为共生的因素。所以，当老师们看到了儿子的这些表现时，如同伊莎贝尔听到拉里拒绝到马图林的公司去上班一样感到匪夷所思。

我们与儿子的交流不能影响其他同学晚自修，于是转移到安静的实验楼，在二楼的阳台上，我们跟儿子进行着思想的交锋和对决。我觉得，这是关系他的前程和命运的大事，我们必须完胜。可是，儿子对眼下的枯燥学习鄙夷如草芥，他说：“我就不想在这种枯燥的学习里浪费时光，你也说过的，不要在无意义的事情上浪费太多时间，选秀节目多浪漫呀。”接着还补充一句，“坐在教室里太压抑，吃不消。”儿子的观点里，选秀充满着物质和精神互相交织的花香和美好，音乐是人类最好的感情流淌……面对他深思熟虑的结果，我竟然张口结舌。是啊，他的这些观点不是我也曾经感受过的吗？此时，我在满地里找词儿，哪里会有意外的发现呢。但是，我的思路是明了的，初三的学生，一个大众化的流向就是中考，多少所初级中学的汩汩溪流最终都是百川入海的，大多流进普通中学，即使流进职业中学，最终依然有部分冲向高考的水道。中考的设计里就没有留下面向各类特长生的一扇小窗，说得直接一点，总分才是升入高一级学校特别是重点中学的敲门砖。但是，我的观点太过老套，在思维日益成熟的儿子面前，再说出来只会让儿子嘲笑我强词夺理。

想想儿子的音乐道路确实颇费周折。在师范附小读三年级的时候，选择兴趣小组，那天晚饭的餐桌上，儿子兴奋地告诉我们，他选的是唱歌，我们觉得他太过随意、简单。餐桌上，我和他妈妈伪装着充当了最忠实的听众，但彼此交换的眼色里却包含着扼杀的坚决。那天晚上，我和他妈把他哄睡着了之后便匆忙找到班主任，走在县城的大街上，因为霓虹灯店牌、路灯很亮，也因为我们要急切地赶路，没有机会看头顶的天空，所以，我一直认为那天也是没有月光的。之后的很长一段时间里，我和他妈都很满意于那天晚上的当机立断。

第二天到校，我不知道儿子在被强拉进写作兴趣小组之后的感受，其时，他一定十分奇怪，其他同学都可以进唱歌兴趣小组，为什么老师就不要我呢？是我唱得不好吗？被老师劝走的刹那，回望其他同学都能高高兴兴地留在音乐教室，自己却不能坐在这里，他该是怎样沮丧和不舍呀。也许，他还记得去年在读二年级的时候，他也是最踊跃地选择了唱歌兴趣小组，兴致勃勃地参加第一次小组活动，可是，只参加了这一次，结束的时候，音乐老师说："我们十八名学生参加的兴趣小组，就你一个男生，你就去另外一个兴趣小组吧，我会跟你们班主任说的。"

盼到了第二个学年，他对唱歌的热情不减，却被他最信任的几个人悄悄地将他挡在了自己的兴趣之外。面对这样的冷暴力，他一定很无助、无望……

现在，依然是因为音乐。站在这个朦胧的秋夜里，儿子的头歪着，一身子的不服，对我和他妈有一腔的怒火，冷不丁地向我们吼了一句："要么我就不上（学）了。"再补充一句，"真是无聊!"我叫他小点声，不要惊动了教学楼上晚自习的同学。他说："学音乐有什么不好？"我继续挣扎："不是说学音乐不好，是我们这小地方学音乐有资源缺陷。""偏远地区不是出了很多著名的歌唱家吗？"他说……

他的这个态度和理由让我不得不理性地对待他的想法。是啊，我不应该让他与学霸去比分数，我也不该让他与壮实的同学去比赛摔跤。与同龄人相比，他具有很强的表现欲，平心而论，他在音乐上是有一点天赋的。在读幼儿园中班时，参加他堂姐的婚宴，当着好几桌人的面，他站在一张条凳上一口气唱了三首儿童歌曲。说实话，有些小孩不要说当着这么多人唱歌，就是遇见陌生人打个招呼都还忸怩。

僵持了很长时间，我分析，这次儿子是不会再做让步了，我们也不能将蛮横进行到底。最终，我们达成一致，儿子眼下专心冲刺中考，等考取了高中就立即开始专业的音乐培训，我们一起去追求他的音乐梦。

高一后那年暑假，我们在省城为他找到了流行音乐的专业老师，但是，连续二十天的培训，我和他妈无法丢下手里的工作。无奈之下，我们找到了家乡驻宁办事处，从小到大一直在大人羽翼下的他，在这个空荡荡的两层建筑里，既要安排学习，又要维持正常的生活，每天要在老师家和办事处之间的骄阳下来回奔波。特别是晚上，一个人在这个陌生的地方，该是怎样无聊和孤独呀。那天，我把他交给了那个陌生而冷清的住所，他走到小区的大门口送我，烈日下，那段下坡路我走得十分迟疑和焦虑，我不敢回望身后的那道稚嫩的目光，我不敢把一双泪眼抛给此时十分孤单的儿子，我不能用我此时的泪眼改变我在儿子心目中的坚强形象。那段路大概不到一千米，但是，这却是儿子成长过程里我走得最艰难最坚韧的一段路。

后来，儿子在南艺的音乐天地里尽管也有烦恼和波折，但是他的生活还是比较惬意的，他的音乐梦想变得实际、可靠，他的人生航程完全由自己把控了。与他一同考进大学的老同事的儿子，中学阶段因为在父母身边，顺风顺水地跨进了“211”，到了大学后，因为离开了父母突然懈怠了，结果因为沉溺于网络游戏，休学了一年依然积习难改，最终被学校开除。儿子在南艺当了两年的班长，经常参加社会活动，把他们的社团搞得风生水起。我常常觉得奇怪，一个从小让我们怀疑患了多动症的孩子，是什么力量改变了他？是音乐吗？是年龄吗？应该都有，但是，我觉得最重要的是我们那天晚上把前进的方向盘交给了他，让他在人生的岔路口把愿望与现实缝合了，自己掌握了命运的主动权，自己当然会对自己的命运负责，一路前行，走得稳当、自重。

我常用阳光和月光比拟两种对待子女的方式，阳光是热烈的、显性的、强势的，但是，柔和的月光有时更能创造出一番柔美、互动的景致，让彼此双方趋于和融。十多年过去了，我常常想起那个晚上，如果我们没有一个转身，也许就辜负了美丽的月光。

直到若干年之后，我才真切地体会到，风景其实是心灵的投影。

原载《三角洲·文学专刊》2022年第2期

蚊子来袭

多少年了，睡眠成了他每天必须面对的生活之忧。后来，他渐渐发现，只要在睡觉前看一些清淡的文字，心绪就会随着淡雅的文字坐在了安静的清泉边，静静地听着清泉娓娓的叙述，渐渐地，呼吸也趋于平稳，整个人悄悄地溶解在睡意当中了。

若干年下来，睡眠也就不是问题了。

这天晚上，和往常一样，随着平和的文字的节奏，睡意慢慢笼罩的时候，一只蚊子“嗡、嗡、嗡……”的高频声由远而近俯冲而来，一阵惊怵，睡意全无。

这样的情况尽管不多见，但是一个夏天总有这么一两回让他领教。其实，蚊子的声音并不大，并不像外面树上的蝉那样聒噪，但蝉对他的睡眠从来都不曾有过影响，蚊子的声音再小，对他来说，都如同空袭来临。这蚊子实在让他生厌，睡得好好的，或者是睡意刚刚来临，它轻巧巧地在他身上站脚，扇两下翅膀，那烦那痒那疼就是一夜的事，就是明天一整天的萎靡不振。

在春夏秋冬四季里，他原本是很喜欢夏天的。这夏天的好处真的是太多了。玉米成熟了，变成早晚上碗里黄灿灿的粥，茄子、豇豆、丝瓜一个个从田里冒出来，这些都是他喜欢的好东西，如同他看到的连环画里的正面形象，如同电影里的正面人物在关键时刻降临了。夏天了，学校里还放暑假，随便睡到什么时候，多快活呀。尽管夏天天热，但这不要紧啊，跳进河里，热就变成另外世界的事了。跳进河里还有收获，可以摸些蚬子、螺蛳回家烧汤、炒菜，第二天中午的细桌上就多了蚬子丝瓜汤和韭菜炒螺蛳了。夏天是他们的盛大节日。

美好的夏天里，最让人讨厌的就是蚊子和苍蝇了，它们就是捣蛋鬼，尤其是蚊子，总喜欢在他们这帮伢儿身上留下红点子。是啊，大概在蚊子的眼里，这些小孩子的嫩肤就是它们面前水嫩水嫩的豆腐，它们随时随地都可以来叮上一口喝上一盅。

很小的时候一觉睡到大天亮，对蚊子这个讨厌的家伙并不在意，就是偶尔被蚊子弄醒了，也都是闭着眼睛摇一下头，然后又是呼呼大睡了，所以，常常成了蚊子欺负的对象。渐渐大了之后，有一天早起，他突然发现手臂上排了一排的红点子，像早操时排的一路纵队，他恨死这些蚊子啦。妈妈告诉他，下次睡觉的时候手不要靠着帐子，但是，睡着了，谁还记得住这些忠告。床铺很小，睡着了就往凉快的地方滚，有时就把本来压在席子下的蚊帐掀开了，他这个忤蛮的动作让原来就在蚊帐外伺机入侵的狂徒们鱼贯而入，结果在他的身上留下了密密麻麻的红点儿。夜里，妈妈被这些家伙烦得不行，只能点上煤油灯，简易的灯是没有灯罩的，母亲将火头慢慢地靠近蚊子，那蚊子很慌乱地扑向火头，只听见轻微的“咯叭”声后，一只蚊子就落到灯灯儿的铁皮垫肩上了。

他的密集恐惧症大概就是蚊子造成的，手臂上铜钞大的地方竟然就有好几个蚊子点儿，看到密密麻麻的蚊子点儿他就紧张，他想把这些点子抠掉，但是怎么抠也抠不掉。吃完早饭躺到铺上的时候，他看到几个帐子角落里还有很多蚊子在集合，身子像黑色的大蚂蚁，一个个都吃得肚大腰圆的，都飞不动了。看到这些喝自己血的家伙，他想到学校围墙上写的“除‘四害’，讲卫生”的标语，老师告诉他们，苍蝇、蚊子、老鼠、麻雀都不是好东西。后来老师又说，麻雀是好的，还吃害虫，所以，麻雀被蟑螂取代了。看到那么多的蚊子就在帐子里，他赶紧放下帐门，要除“四害”了。妈妈用的火攻的办法他不敢用，那样容易把帐子烧了，平时父母都是不让他碰火柴的，毕竟才八九岁嘛。这个时候拍蚊子真是痛快，一拍一个准。趴伏在蚊帐侧面的蚊子是最好拍的，只要屏住气，悄悄地将两只手从蚊子的左右两边靠近，然后再快速合击，蚊子在感受到气流之后起飞，正好进入他的手掌心。开始时，蚊子密集，基本上每次都不会扑空，最多时一巴掌能拍到两只。蹲在帐顶的蚊子是比较狡猾的，够不着，只能用扇子将它们赶下来再去消灭。最为狡猾的是躲在帐子顶上四个角落上的蚊子，那是他最无能为力的地方，用扇子扇风蚊子不买账，用扇面去打，也根本上动不了它的皮毛，只能用扇子柄去赶它“下山”。看到手上蚊子的尸体和家里人的血，仿佛看到老师用红钢笔在试卷上打的100分的成绩，浑身涌动着为民除害的英雄主义气概。他希望每天都扑杀几十只蚊子，最终将蚊子全部赶出他的家门……

他的记忆里，蚊子实在是多，特别是雨后的傍晚，蚊子在眼前乱飞，如同父亲扬场时从空中落下的麦子，撞到脸上还有一点小小的疼呢。

现在，他的生活里那样多的蚊子很少碰到了，但是，蚊子的搅扰依然存在。有时，睡得很沉的时候，蚊子先是发出似有若无的鸣叫声，他知道蚊子冲他而来了，这讨厌鬼先在他的周边进行侦探，确认他的戒备十分松懈的情形下，便是直接地靠近、泊位、下口。有一次深夜，他已经深度地睡着了，蚊子的钻头正在他右颈钻孔，他的右手正好就摊放在附近，感受到一阵刺痛后，右手条件反射式地一杵，后来居然就赢得了下半夜安稳。第二天早晨发现脖子上有血，便知道夜里成功地消灭了一个入侵者。但是，这样的情况毕竟很少。

蚊子的讨厌不仅在于搅人难寝，更在于乘人之危。在农村中学工作的时候，学校周围都是池塘和稻田，暑假里，校园内杂草蔓生，蚊子多得双手一捧就是好几个。在校补课的老师上厕所都要带上一把芭蕉扇，但是，芭蕉扇只是威吓的道具，对蚊子不会致命，大概蚊子也知道了这个稻草人一样的东西，所以，后来就大摇大摆地在如厕人裸露的部位钻孔吸血。同事们后来说什么事情最无奈，这个时候蚊子叮到关键部位，那是最无能为力的。

一般蚊子的猖獗是在熄灯之后。现在，他的床头灯还开着，这家伙大概是饿急了，或者太想吸血繁殖后代了，居然就不择时机地行动了。他记得床头边有一瓶杀虫气雾剂，但是，那样的“化学武器”他还是慎用的。面对这个不速之客，他依然保留着原先读书的姿势，只是瞳孔已经转到了它的来向，频繁扇动的翅膀以及越来越接近的距离让蚊子的身影变得越来越庞大、越来越恐怖，那感觉就如同敌机迎面而来，他本想等它停泊下口后将其一巴掌致死。就在入侵者降临鼻翼右边还没有扎下口针的时候，他就出手了。在这个人脸上的山谷地带，对入侵者实施精准打击是很有难度的，如同大象对老鼠一样。果然，这讨厌的家伙向床头方向逃窜了。他知道这家伙贪恋他的血液，不会走远，还会伺机再来，赶紧拿来杀虫气雾剂对着床头它逃遁的方向喷出一个圆圈。

等待气雾剂散发的那会儿，他到网上查阅了蚊子的资料，网上说，并不是所有的蚊子都吸血，只有雌性的蚊子吸血，每次吸血过后两三天，卵就能够发育成熟了，它会飞到有水的地方去产卵。蚊子的吸血量很大，每次可能吸收超过自身体重的血液，足见蚊子是非常贪婪的。从小他就听说，蚊子叮咬之后很容易传染很多疾病，他尽管没得过疟疾，但是为了防治疟疾，每天都要喝那种预防的药汤，所以他更加讨厌蚊子了。蚊子当然不会收敛自己的贪婪，当人们最需要休息的时候，它会时不时地骚扰，直到人被搅扰得瞌睡全无，对其痛下杀手时，它才心有不甘地收手。

我们周围的动物当中，毒蛇、猛兽这些动物，人们也渐渐看到它们对环境的有益作用，人类开始了对它们的保护行动。弱小的蚊子样子并不丑陋，对人类的危害也不十分显见，但是，人类对蚊子的态度却是高度一致，想必还是这小东西对人类的生存没有一点好处，甚至还经常烦人让人生厌。——唉，真是不懂得一点生存之道。

小巷理发店

家乡那个县城向南蔓生的结果就是在技校西门口诞生了一条南北小巷，小巷的两侧排列着烧饼店、水面店、水果店、茶水炉子、服装店……弥漫着浓重的烟火气息。华儿的理发店就是嵌在小巷和办公楼边的一间平房，十来平方米，一张理发椅背朝着门，两侧是烫发和洗头的设备，十分简陋。

一

刚到县城工作是1990年，理发的事很让我被动。一方面是我居住的那个南门新区配套服务设施没有跟上，当然也没有理发店；另一方面，当时在那所重点中学做班主任，课表上没课的半天里常常被各种琐事挤得更加忙碌，像理发这样耗时较长的“月度工程”，总是被一再地拖延，痴长的头发让我愧对“为人师表”的古训。有一次，可能是第二天要参加一个公开活动，爱人说：“你今天无论如何要去理发。”晚上八点多钟，我从电大路、宁海路转到技校所在的巷口，起先找的三家店不是黑灯瞎火就是准备打烊，特别是准备打烊的那家，仿佛我的光临有十二分的不合时宜：“到这会儿了还理发？明天吧。”

后来，转到华儿的店门口，看到店里敞亮，电吹风呼呼地在女理发师手上忙得起劲，我探头问：“还理吗？”理发师回话：“客人来了，怎好不理?!”话音明显带着不解，我猜想她或许在心里说：“门开着，哪有上门的生意不做？”她当然不知道我是吃了几个闭门羹之后才这样询问的。

理发师当时二十刚刚出头，人长得周正，脸面瓷白微酡，一边理发一边跟客人拉家常。理好我前面的那个人，习惯地扫一下地。也许就是因为她的勤快，尽管已经是晚上快打烊的时分，但店里没有草草收场的那份狼藉。我们随便搭话，她仿佛看到我的心思似的：“你这头发长了个把月了吧?！还理这个发型？”我说：“是的。”其实，我在心里苦笑，何止个把月呀，两个月都过了。在给头发定型的时候，她先问我：“还是从右往左梳?!”我心里一惊，她怎么一下子就看出来我这个不寻常的发型?！刚才已经洗了头，现在是肯定看不出来的，以往头发定型的时候，总忘不了提醒一句，否则，理发师无一例外地吹错方向。有一次在一个理发店，我提醒之后，那个理发师还抱怨我的这种发型让他操作很不顺手呢。说明我刚进来的时候，她就注意到我的特别发型了。我心底里十分佩服！

二

过去理发店的门口总爱挂一副对联：“干天下头等大事，做人间顶上功夫。”也许第一个想出这副对联的人带有少许恭维的成分，但是，客观地分析一下，发型其实是个面子工程，更是里子工程，发型其实就是人的品位的最直接体现。仔细想想，成年人的理发一般都是要有定点的。

华儿理发的速度快，理得也好，她的店不仅成了我的定点，我还将爱人和儿子带到她的店，挂上了钩。尽管我们一家三口有着不一样的喜好，但她的手艺让我们一家都很满意。我爱人到她店里去了之后，按照她的建议改了发型，不想受到了同事的一片褒扬，那个发型后来成了她十多年的坚守。

我有一个自以为是的做人准则，就是不当面说人好话。但在华儿的店里，因为她的出色手艺，我不假思索地赞扬了她。她没有反对，接着说了一句："我们这一行，最出色的还是一些男孩，他们手脚快，见多识广，其实我还不如他们。还要多学习，我也准备到大城市去学学。"她后来有没有出去学习，我不知道，但是，她对脸型、身高、职业与发型关系的理解超出了一般的理发师。我这次是破例了，但面对顾客的赞扬，她表现得十分理性和客观。

三

定点到她的店里理发，还有一个很个性化的原因是她的店里总是放着《读者》杂志。在我的经验当中，理发店放一些时尚杂志是标配，放《读者》杂志的这是我看到的唯一一家。等候的时候，我就在旁边翻看杂志，一篇文章没有看完，这便成了我下次再来时的一份惦记。因此，在她的店里，我欣赏了很多经典的文章。有一次，我读到一篇短文，印象里题目好像是《爱之链》，大半版的文章，文章的内容是一个美国小伙子乔在下班的途中，遇到了路边车子抛锚的一位老夫人，乔立即停车，在不顾老年妇女误会的情形下帮她换了轮胎，老夫人最终表态愿意给乔无限大的报酬，乔最终的回答是："只要你在可能的情况下帮助需要帮助的人就是最好的报答。"老夫人接着开了几英里，在一家咖啡馆里吃了点东西驱驱寒气。在咖啡馆里她给了一位有着身孕的女服务员一百美元后，乘着女服务员帮她买单的时候就悄悄地离开了。离开前，她在餐巾纸上写下了乔刚才回答她的一段话。老夫人当然不知这位身怀六甲的服务员其实就是乔的妻子……这篇文章也许就是小说，但是，至今只要我想到这篇文章，我就会眼含热泪。从那时起，我就坚定地认为，爱是最有震撼力的。

当年，生意好的理发店和今天医院的专家门诊差不多，总是人满为患。我从小单独去理发店总会遇到"不得不"插队的顾客，他们一进门就咋呼着要先理，仿佛不让他插队就有悖天理，所以，我们这些小屁孩就似乎天经地义地应该在一旁漫长地等候。从那时起，我就盼望着长大，以免每次都被一个个的"大忙人"挤到最后。去她的店次数多了，渐渐地发现，她对顾客从不厚此薄彼，无论是小孩，还是第一次光临的顾客，她总是坚持按先来后到的顺序服务。碰到想插队的顾客，她总说："人家这小孩等了好长时间啦，他奶奶领他来的时候就打了招呼。你就等一会儿吧，也快！"被她这么一说，想插队的人自然就不想投机取巧了。有一次，我在她的店里等候，我的领导也来理发，轮到我的时候，我主动说让部长先理，她对着部长说："按次序倒是应该先帮他理。"我说："部长事情多，我等会儿。"她对部长说："这是他让你的，本来是要按顺序的！"说话的时候，她朝我眨眨眼睛，有点狡黠的意味。

后来，我尽管在她的店里没有遇到部长，但我判断，部长的发型还是出自她的手艺，即使住得离她的店远了也依然没变。

四

后来，我们熟悉了，常常一边理发一边聊聊随意的话题。

有一年腊月中旬，我们说到回家过年。她说：“过年回去实在没意思，他（老公）到邻居家打牌，儿子出去玩，老人家也到邻居家去耍子，剩我一人看家，天气又冷，反而很无聊。”我说：“你也跟着老公到邻居家转转啊。”她说：“他打牌，我哪高兴站在旁边看呀?！我想好了，今年借几本书回去，把毛线也准备好了，坐在铺上打毛线、看书。”

有一次，她跟丈夫生气，责怪他不出去挣钱。她说：“他这个人真是让人憋气，教他出去打工他就是不去，整天围着我转，好像就是看着我似的。我在这里开店开了这么多年，哪还有个屑子话（海安方言：风言风语）让人说的?！他这个人没出息，不晓得赚钱。”华儿的娘家是临近的海安县（今海安市）的，跟她现在的婆家相邻，他们结婚的时候，她男人顶替到县城动力机厂当了工人，她就在这里开了理发店。因为手艺不错，也因为她跟客人都是有板有眼的，所以，店里的生意一直很好。后来，动力机厂破产了，她那壮实的男人实在没事可做，就在她理发店的隔壁开了一家小吃店。我总好奇着想看看她男人如何炒菜、如何忙碌地服务，但一次都没能如愿。小店的生意实在清淡，最终的结果可想而知。

我后来几次到她店里的时候，她告诉我，在店的东南边买了自己的房子，房子面积不大，她说够住就行了，搬进新房之后，她曾经想把店移到房子的附近，她有点探听口气的味道：“如果我把店搬走的话，恐怕就有许多老顾客找不到了?!”我说：“那是肯定的，除非你先告知。”

五

华儿大概是二十世纪七十年代出生的，尽管只有初中毕业，但是，她的言谈举止却让人觉得得体、筋道。对调皮的技校学生，她也能以一个长者的身份劝说两句，而这些学生对她的话真有几分信服。有一次，她突然对我说：“你果觉得时间真的过得快呀，我前两天算了一下子，到六十岁还有七千多天，感觉自己还没有做几件像样的事。”听到她的话，我十分吃惊，生活中有很多人如同旋转的陀螺，仿佛一天后的事都没时间去想，做事自然也是基本像铜匠的担子——跑到哪儿想（响）到哪儿，根本无心回过头来看看走过的路。面对人生，她能够不断变动焦距进行观察，我感觉她简直就是小巷里的哲学家。

离开家乡到另一个城市工作之后，我还是一次不漏地找机会到她的店里理发。她告诉我，儿子因为喜欢美术，初中毕业后到高师学了装潢设计。她说，小孩有一门手艺，能自己养活自己就行了。我觉得像她这样的强者守持这份淡定的，其实并不多。我问她丈夫后来有没有出去打工，她说：“没有，我自己倒也想通了，让他出去挣钱也很辛苦，还不一定挣到。”我告诉她：“我的一个亲戚出去打工，几年后欠了一屁股的债。”她说：“所以，我不要他出去了，反正我一天到晚在店里，家里总要有个人烧饭做家务。”她接着说，“他一出去，我也不放心。现在跟过去不一样，当时觉得他（一）个好好的年轻人不去挣钱太荒废了。”我很佩服她的生活态度！

我后来分析，为什么很多人像是签了合同一样到她的店里理发，其中是有很多必然的。她的这个店，价格没有大的品牌店那么高。大的理发店我后来进去过一次，本来剪一剪刀就能解决的问题要分解成若干剪刀，剪发和洗头也分工作业，本来坐着的动作改为躺着，于是收费也顺理成章地抬高十倍或数十倍，我当时一个月的工资大概只能理四五次发，所以，她的店成了我们最适合的选择。她和很多顾客一样，包括我的部长，都是居住在这个城市的新市民，我们都面临着子女上学、赡养老人、挣钱、买房等共同的生活压力，我们在这里交流着四面八方的信息，这里自然就成了我们的生活论坛。从我这个写作者的角度看，我在这里还能了解到很多社会现象，所以，我对这个小店有了一份本质认同和好感。

几年前再去她那儿理发的时候，小店呈现给我的是朝东墙壁上的白墙，其他两边的墙已被拆光了。哦，因为加班，我已经两个月没到她的店来了，我反复回忆上一回的情形，当时她没有说到拆迁的事，估计她也是太匆忙了，论她的个性，是不会这样行事的。

原载《三角洲·文学专刊》2018 年第 2 期

溜达清溪边

家乡的方言如同流淌在平原上的一条条枝枝蔓蔓的小溪，清亮、婉转、彼此相连，每每沿着溪边的小埂溜达，不知不觉地拐进了一方别致天地，曲径通幽，让我凝神，引我咀嚼，也让我有更多的发现和收获……

方言是张名片

总以为自己的普通话还可以，只要平静地表达，一般是不易泄露身份的，尽管泄露身份未必是坏事，我也不是搞地下工作的。那次在无锡，晚上九点左右的光景，儿子的演出服需要修理调整，现在的服装店本来就少，到了这个点儿上就更难寻找了，这个时候有求于人，只好伸着头认宰。

我们拐弯抹角地找到了后巷里的一家裁缝店，夫妻老婆店的男主人按照我们的要求对服装进行了整理改造，我猜测，花了这么长的时间，几十块总是要的。男主人把衣服递过来的时候，我问："几钱?"本来漫不经心的男主人猛地抬头："你们是如皋人?"他在修理服装的时候，我和儿子并没有交流，我问："你怎么知道的？"他说："问'几钱'，只有如皋人这样问。"交谈中，知道他来自老家的长江镇，他们村是个特色村，很多人在全国各地开裁缝店，特别是在北京。店主也是一把剪子走四方的，先是在北京打拼，然后再转到这里。因为交流不生硬，所以，那天的交流很多，这个老乡四十多岁，个子不高，略微有点儿胖，说话不紧不慢，软尺挂在颈项上，给人感觉就是天生做裁缝的料子。可惜我当时没把他的电话留下，至今都在懊悔。

当然，这样的相遇还不止一次。单位刚刚搬到城市新区，只有园林绿化处门口的那家小饭店靠我们最近，我们常常到这个"园林酒乡"喝酒，饭店里除了几个年轻的厨师，从老板到服务员都是清一色的美女，平时说话都是一口标准的国语，每次都是吃完了付账走人，因为主客关系明显，我们在这里消费，他们提供了服务，彼此都觉得没有深入交流的必要。

有一次中午，我们在他们店里吃工作餐，主食是红汤面，美女老板大概觉得我们是老主顾，所以，主动说："我来帮你们叉面。"我知道，我们生活的城市方言里没有"叉面"一说，我当即问她："老家北三县的？"她说："如皋的。"我希望听到这个答案，但真正的这个答案就在面前时，似乎又觉得不大可能，一个认识了一年多的人，彼此竟然不知道是老乡，当时刚刚来这个城市时间不长，说普通话总感觉拗口，现在知道我们是老乡，如同一个天天吃酒的人，吃到了自己常吃的一种，居然没有吃出相熟的口感。

方言是语言化石

n 和 l 难分，前后鼻音混淆，平声和去声不辨……比如，把

“粮食”说成“娘食”，把“上面”说成“扇面”，这些抹不掉的记号总让家乡话成为朋友揶揄的笑柄。于是，方言如同脸上刚刚跳出的痘让我羞愧，无法避让。上初中时，老师讲了一个故事，说是家乡的一位大娘坐公共汽车到外地，她下车后，汽车启动，她突然发觉自己的包被忘在车上，情急之下对着车子大喊：“我的稿子，我的稿子忘啊在车上，我的稿子忘啊在车上……”驾驶员很是佩服：“想不到这大娘文化水平还真是不低啊，还能写稿子。”大娘回到车上，拎着包被千恩万谢，驾驶员出于好奇，也是怀疑，便问大娘：“写的什么稿子?”大娘也没有完全听懂驾驶员的话，拍拍包被：“就这个就这个，带给儿子的换洗衣裳……”这个故事让我感觉到方言就是家乡的穷山苦水。

老师讲的这个故事，其实有很多漏洞，很可能是他杜撰出来的。

等我读高中的时候，“杲昃”两个字让我自豪了好几天。教我语文的李老师出生于扬州，他的方言和我们属于同一个方言区，那天课上，他说，我们的方言中有很多古语，他的原话我记不清了，但是，他在黑板上写下了这八个字“杲杲出日、昃昃日落”，当时，我们全班同学都十分惊喜，下课后，就有同学在其他班级的同学面前显摆了，当然，其他班级的同学也一样地高兴，因为，我们总感到自己的祖宗很有文化，脸上一样地有光。

今天，我在网上搜了一下，在这里把这个词的来龙去脉与读者分享一下。“杲昃”一词出自《诗经》，《国风·卫风·伯兮》中有一句“杲杲出日”，说明杲是指日出，日出去地方当然在东方，杲其实就是指“东”，而“昃”，在《说文解字》中的解释是：日在西方时。这样，家乡方言里的“杲昃”其实就是指“东西”，这样，我们家乡妇孺张口即来的“稿子”其实就是“杲昃”。

方言不粗俗

林语堂先生说：“世间有两个文字之宝藏，一新一旧。旧宝藏在书本中，新宝藏在平民之语中。”（《写作的艺术》）我以为他的这个表述十分精辟。

几年前，我在《现代汉语词典》里查找“眺”字的时候，向下瞄了一眼，居然看到了“斢”字，一看，就是家乡的一个方言，我在家乡朋友的 QQ 群里发了一条短信：“斢，这个字你认识吗？告诉你，我们家乡菜市场买菜的老头儿老太都会说：‘这根黄瓜不好，你帮我斢一根……’”很多看到这个短信的老乡恍然大悟，对家乡的方言由此更多了一份敬仰。小时候写作文，总以为家乡的方言土语不登大雅之堂，也不会写这些字，所以，“异腰儿”被我们写成了“围裙”，“跐”写成了“滑”，妈妈说的“揸巴长”我写成了“十几厘米长”，“抗着篮子挑猪草”，写成了“挎着篮子挑猪草”，所以，我们的作文就跟现在小孩子喝的牛奶一样，都是一样的味道。“鹐”，现在的文章里已经很少见到，但是，我们从小就是张口就说的，因为大人都是这么说的。放暑假在家，大人们到生产队上工，父母就教我们这些小孩在家看门口的菜地，跟我们说，在家看鸡，不要让才出的菜芯儿挨鸡子鹐了。今天说到或者听到这个鹐字，眼前又一次出现多少年前的画面了。

我在家乡宣传部门工作的时候，当时的宣传部部长在向来如采访的记者介绍如皋东部白蒲、林梓的时候，一句话让我记忆犹新，他说：“这两块地方就是过去的脂油瓿头。”这话我不知道当时的记者有没有听懂，但是，我觉得非常形象。我们小的时候，这个甿头就是每个人家生活好坏的标记，有这个杲戾的人家，中午菜汤里面挑上一筷子脂油放在里面，菜汤上面漂着一摊的油花，那便是开在我们小孩心里的幸福花呀。九十年代，脂油已经成了人们鄙视的东西，总以为这是产生高血压的诱因，几乎所有家庭都把食用植物油当成生活品质的象征，其实，今天的研究发现，动物油脂恰恰是癌症的克星呢，难怪我的家乡出了那么多的百岁寿星，家乡因此也成了长寿之乡呀。

人们常说的插秧，我们家乡人说“莳秧”；一般人说的割麦，我们家乡话里说“斫麦”；普通话里的香菜，我们家乡说的是“芫荽”。前一阵，下雪了，家乡有人在微信上发了一个小孩说的一个乡间俚语：“雪花儿飘飘，馒头烧烧，花生剥剥，烟台搕搕……”这当中的“搕”，换成其他什么字都没有那个味儿了。

终于发现的箸笼

家乡的每家每户厨房里都有一个“初笼”，“初笼”里放着筷子，我不知道其他地方的人叫它什么，这两个字让我在脑子里纠结了好多年。

所有人都这么叫，不知道家乡的先贤有没有思考过。我在吴凤山先生的《如皋方言研究·词汇》里也没有找到。我就奇怪，这个词是不是从来做它的材料上命名的？深入地分析，什么材料与“初”字有接近的读音呢？“住”在家乡话里与“初”相同，但是“住”是动词，既然是放筷子的，怎么会与筷子没有关系呢?！“鸡笼”“猪圈”“羊窠”这些家乡常用的名词哪个不与“用户”挂钩？

我看到的最古老的“初笼”是在外婆家看到的用篾子做的，样子跟当年的热水瓶壳子十分相近，“笼”的形状十分明显。那么这“初笼”放在厨房里面，是不是就应该写成厨笼呢，于是，有好长一段时间，我将就着认可了自己的这个判断。

有一次周末，是在老家，吃饭前我到“厨笼”里拿筷子的时候，发现母亲将几根筷子倒插在“厨笼”里，母亲这个时候到邻居家去了，不在家吃饭。我跟妻子说，母亲年纪大了，怎么把筷子倒插在厨笼里呢？妻子说，她可能不知道应该怎么插吧？我说，她过去从来没有将筷子倒插的。我一边拿筷子，一边开玩笑：“这厨笼的下面是很脏的，教我如何举箸？”我再说，这当然不是“犀箸厌饫久未下”呀，坐到桌边，我突然眼睛一亮，原来，这“初笼”“厨笼”，真正的写法应该是“箸笼”才对啊！

寻思了多少年，居然在这偶然间惊奇地看到了祖先们的智慧闪亮，祖先从什么时候就这么说，我不得而知，但，这是世世代代的口耳相传，更说明家乡的这般有着深刻意蕴的语言绝不是下里巴人的随便戏说。

想不到这方言当中还有如此深奥的学问啊。其实，在家乡的方言里，人们早已耳熟能详的“满期”“扁食”“腿气”“龇”“苦”“园”“饫”“噇”，这些词或字的后面都有一段文字演进的故事，只可惜，今天的电脑上已经很难打出来了。

我记得当年我的一个学生在作文中写“用筷子搛菜”，他的语文老师喜不自禁，把这个事例多次在我们这些同事面前分享。是啊，我们家乡从来不用“夹菜”一说的，后来，大概是人们嫌“搛”字来得土气，也就喜欢把这个字写成“夹”，仔细想想，夹菜与搛菜就不是一个味儿。

仔细想想这些方言都是十分地生动形象，有时，我们却将它们作为乡间俚语冷落了。

“雨里鸡鸣一两家，竹溪村路板桥斜。妇姑相唤浴蚕去，闲着中庭栀子花。”这首诗的第二句的“斜”，用普通话读怎么也不押韵，但用我们家乡的方言读 qia（阳声），那就显得十分押韵了。

家乡人骂人睡懒觉叫“挺尸”，《红楼梦》第六十三回里就有这一说：“袭人笑道：‘不害羞，你吃醉了，怎么也不拣地方儿乱挺下了。’”这里我不妨再多举几个例子，家乡人粗俗地说吃饭叫“噇”，说某人吹牛叫“说脬话”，说某人编造谎言叫“侜”，说小孩调皮叫“暖”，说劁猪叫“芟猪子”，用力打人叫“夯”，敲诈人叫“拶”，台阶叫“礓礤子”。

出生于新石器时代的家乡，是长江和大海亲吻、相拥后诞生的一块沃土，如同江淮平原伸向黄海的舌头，她的方言里既有北方方言的底色，也跳荡出吴方言的花蕊，将南北交汇的区位特色在语言花圃里尽情绽放，我们亦因此时刻感受到这香飘四季的芬芳。

第三辑

篱落疏疏一径深

遇见迎春花

一

路，如同伸进生活内部的试纸，是纷乱还是安稳，是愁苦还是甘甜，是粗粝还是精细，是成功还是失败，其味是寡淡还是浓烈，路总会不遮不掩地表现出来。

我工作的第一站是我高中阶段的母校，一个典型的农村中学，两条平行的公路如同“正”字的上下两条横线贯穿县域东西，学校位于中间那个短横的末端，如同潜藏在历史角落里的遗存，尘封在久远的岁月深处。是的，它就是个遗存，当年的苏中“七战七捷”中的如黄路战役，这里就是华野的后方医院。这个叫作何庄的农业乡，即使到了1980年代现代工业还几近空白，乡里的工业支柱就是竖着高烟囱的两个砖瓦厂。开砖瓦厂其实不是上策，制砖都是把好的黏土烧成砖头，运土和运砖的拖拉机还是破坏道路的“大牛”，它的两个前轮胎仿佛四足动物的两个前掌，所以，满载的拖拉机总把它轮下的路糟蹋得苦大仇深。

砖瓦厂离我们学校不远，于是，学校通往公路的两条机耕路如同刻在师生眉头的愁结，虽然只有五里左右，乡里后来还在这两条机耕路上铺了碎砖，但是，这样的努力对通行条件的改善并不大，铺了碎砖的路因为没有压实早被拖拉机扒拉得龇牙咧嘴。晴天的时候，自行车震得叮叮当当地响个不停，光秃秃的路上尘土刮起的雾团时常迎面袭来，总把人弄得灰头土脸的。下雨的时候固然难行，雨停后的数小时行走依然艰难，稀稀拉拉的泥土如同生日蛋糕上覆盖的奶油层，在行人和车轮的共同揉搓后留下了各类微型地貌，有歪歪扭扭、刺向上方的山峰山梁，也有切入地下的深沟盆地，纠结在一起的砖粒砖块如同横陈在行人面前的山结山原。拖拉机当然是这个路上的巨无霸，它的肆无忌惮最终造就了路面上山涧般的碾痕。面窖样的路面落差约有一尺左右，每走一步都相当吃力，前脚下去先是一跐，后脚慌忙拔出往前一跨，结果鞋子落在身后的泥窝里，冒着热气的脚一下子踹进了烂泥糊糊……骑自行车的情形更惨，前后两个半月形的挡泥板上幠着烂泥，即使整个人的重心押到前面的踏脚板上，车子也不能向前挪移一寸，车身一个趔趄倒下了，无奈，只能把车扛在肩头上。我们一众师生就是在这样的路上做着人生的赶赴。

因为路难走，所以，周六下雨学校只能安排周末调休——二十世纪八十年代的中后期我们还依然保留着农耕时代的作息安排。调休对师生来说都不是好事，因为下午上课前很多学生都已经做好了回家的准备，空的米袋、布包都已经等候在学桌脚边，只等着第二节课一下就赶紧回家。老师对调休也不乐意，原先安排在周日的活动，到了周一或许就泡汤了。有这么几回，天气也露出了它调皮的本性，时断时续地下着小雨，弄得校长总是难做决定，课前是确定放的，上课的中途飘起了小雨只好改变决定，如同对学生进行着心理挫折训练，就这样，在经历着希望—等待—失望—再等待的揉搓中，心情起起伏伏。

二

学校周边是绵延的村舍，年轻老师最不堪枯坐学校体验苦行僧的生活，即使是下雨之后也想方设法地回到温暖的家。一个周六的下午，家在县城的范老师建议走另一条路试试，于是，我们从学校径直往东做了一次探索。先是摆渡过如海河进入邓园乡。抑或是因为我们那里土壤多数是沙土，抑或是因为这条路上拖拉机光顾得少，路面平整也不泥泞，自行车还能骑行，沿路是邓园苗圃的苗木生产基地，树木拱卫下的道路还很有意境。意想不到的是，贴着如泰运河的一段东西路，如同斜倚在朝南坡地上的水墨画，从水面到堤顶，路从坡腰经过，两排高大的水杉站立在路的两侧，一边河坡上是柳树、桃树、李树、丝兰、金腰带构成的矩阵，一边堤坡上是小叶黄杨、龙爪槐、红枫挽结的城堞，深浅不同的黄与深浅不同的绿，还有各不相同的红交织在一起，色彩斑斓生动成趣。运河水的灵动、杨柳的婀娜、黄杨的蓬勃、水杉的挺拔，葳蕤着水乡的美丽和曼妙。这片安静的天地里，尽管也有“机器快”突突突地偶尔撞入，但是，它的单声独唱反而衬托了这片阒寂天地的安然宁静，我当时的喉咙还好，一路东行，甚至想着与船娘来一段水岸对歌。

很奇怪，这条路上的行人一直很少，就连花农也很少见到。终于在一个星期天的下午，我去学校的时候看到几个花农在堤坡上薅草，我停车与她们聊花木，这才真正将这眼前常常遇见的金腰带与诗文里咏叹的迎春花对应起来，原来破寒迎暖最先传递春信的迎春花时常出现在生活里，只是被我忽视了。迎春花耐阴耐寒，与梅花、山茶花、水仙花都是早春的花卉，并称为“雪中四友”。寒冷的天气里，它最早传递春的消息，一般也就不到两米高，躬腰俯首在人们的视线之下，低调、从容地保持着一般花卉无法企及的生命周期。“先时不入林莺妒，晚节唯容露菊鲜”，即使绽放在寒冷的季节，因为自身的低调，却也不曾引来林莺的忌妒，即使到了接近谢幕的尾声，依然保持着带露菊花一般的鲜艳，宋朝诗人韦骧道出了迎春花超凡脱俗的禀赋。

花农一语点醒梦中人，让我对迎春花的认知在感性和理性两个层面实现了贯通，更让我看到了金腰带这个俗世尤物的前世、今生，原先对金腰带的鄙视演变成了对迎春花的刮目相看，这似乎给我上了一堂关于世界观的哲学课程。

从此，我与迎春花有了约定，时常惦记着我们每周一次的相见，一周一周的变化让我真实地感受着春的楔入、蔓生和繁华，跟着这个春天的节拍，我悄悄地调整着自己的工作节奏。料峭春风里，当迎春花露出星星点点小黄蕊的时候，我就想到两个月之后的预考，脑子里就一次次地上紧时间的发条。迎春花的谢幕与预考几近同时，看到它的黯然隐退，我就仿佛看到大部分学生学习生涯的结束，借着这份安静，思考着接下来高考前的全面冲刺。日常的金腰带和诗文里的迎春花连接起来后，我蓦然发现，家乡这片高沙土区域的路边、田边、墙脚、渠边、河边，到处都能见到迎春花的蓬勃和坚韧，它就如同我的那帮农村学生，是沙土地里爬摸着的皮实孩子。

三

这个学校的学生大多都来自周边农村，他们的前辈都是世代耕作在这片高沙土上的农民，当时的这些学生都不是独生子女，所以，山芋、芋头是他们饭盒里每天面对的吃食。花生是他们日常生活里的艺术品，能给他们带来超值的快乐和欢愉。这样的生活际遇使得他们的血液里始终流淌着笃实和倔强，从出生开始，生活的字典里就没有要风得风要雨得雨。当时这个学校的老师也都是年轻老师，面对这帮学生，一种同病相怜的感受时常萦绕心际，力图把自己当年的教训变成警示，成为他们早晚餐二两踖儿粥的佐餐。

十七八岁的小伙子正是消化力最强的时候，薄踖粥带来的便是睡觉前的饥饿难熬。条件稍好的同学睡觉前有点脆饼或馒头干充饥，也有人到井边喝一口井水填肚子，多数人都是忍着饥饿入睡。有一天，有个同学翻出箱子里的罐子说："我这里还有脂油（猪油）。"另一个说："有办法了。"赶紧忙乎着把脂油用开水一冲，放上从井边掐来的葱末。对着小饭盆里葱末漂在开水上面，有人脱口而出："风吹荷叶水上漂。"但是，这样的诗意一闪而过，几个忙碌的小饭勺很快就将这飘着"荷叶"的开水舀进了饥馑的肚子。

同样是一个寒冬的夜晚，有同学拿出了一卷挂面，有人当起了电工，一个脸盆当锅，一个脸盆扣着当釜冠（如皋方言：锅盖），尽管咬合得不算很好，但是只要釜冠坚持守护着下面锅里的水和面条的混合物烧开，这便是一宿舍人今夜的依托。等待的时候，负责煮面操作的平华觉得釜冠烫得厉害，将棉鞋里的鞋垫拿来放到釜冠上，凯军也将鞋垫凑来，众目睽睽之下，一只鞋垫滑到了翻滚的面锅里。要在今天，那一锅子的面肯定是吃不下去了，谁能吃得下带着脚臭的面条呢？但是，那个寒风呼啸的深夜里，谁都没有吃出面条里脚丫子味道。

我在到了位于县城的学校之后才发现，这个学校的学生面对老师有歇斯底里的敬畏，因为怕言语冒犯了老师，说话经常词不达意，铺垫的内容常把想要表达的意思挤进了角落，甚至遗落在了自己的肚子里。

有一年全地区召开学生思想政治工作会议，全面统计之后发现，唯有这个学校没有一名学生涉及治安案件，刑事案件就更加与他们无涉了。校长被安排到地市的会议上做经验交流。我当时是这个学校的政教主任、团委书记，说实话，取得这样的成绩是全体师生共同努力的结果，但是，学生有这么好的修为其实与这片土地上朴实的民风是不无关系的。

四

如同喜好沙性土壤的迎春花根系发达一样，这个校园里走出的学生无论走到哪里，无论遇到怎样的磨难，尽管个人未必能有兵来将挡水来土掩的笃定，但是，几个同学一合计原先感觉过不去的坎儿也都过去了。我在这所学校的最后一年，班上的王健同学预考获得了全班第一的总分，就在他信心满满地冲刺高考的时候，他的身体出现了不适，医生诊断得了液气胸，须立即住院治疗。听到这个消息的时候，在家切猪草的母亲一时慌乱竟然把手斫伤了。父母都是普通农民，收入微薄，三个儿子，二儿子正在服兵役，小儿子正在读初中，就是没有健生病这个“岔子”，生活也是过得结结巴巴的。现在，大儿子生病需要住院，屋漏偏逢连夜雨，住院医疗费自然是少不了的。住院了总得有人照料，总得有人一天三顿做饭送饭吧，而乡医院离家少说也有八九里路，一天三趟地往返，家里谁吃得消啊？另外，家里总得有个人给猪羊鸡鸭倒饲料吧。他父亲自然不能停下来不去挣钱，每到月底两个儿子的伙食费总不好欠账吧。真是一团乱麻……这个时候，家在另一个乡的宏，虽然家境一样困窘，但他主动将健带到自家附近的乡医院住院，让自己的家人照料健，省却了健一家的奔波……当年的高考，健和宏两人都没有达到录取分数线。后来的一年里，学习中遇到的困难实在是太多了：没有老师辅导，碰到难题就几个人集体讨论；炎炎夏日，恒温的井水就是他们的天然空调；有人担心再次高考失利对父母无法交代，其他同学一起帮他放下思想包袱。后来，他俩同年录取在华东政法大学和中央财经大学金融学院，走上工作岗位，一个在省城，一个在北京，三十多年了，带着不同血型的两根脐带一直连在一起。

当年的城乡差距如同男女人有无胡子一样一目了然，所以，我的学生们从走进高一教室开始没有一个不想跳出农门，但是，在三年的高中生活里，难保没有变数。理科班的魏兵，在高一的时候就因为成绩好、体育好让所有科任老师格外关注，按照当时的成绩，后来考入一所不错的大学应该是板上钉钉的事情。但是，他们的班主任也是从农村家庭走出来的大学生，穷人的孩子早当家，家里的大小事情只能他处理。班主任的早出晚归给学生留下了走神儿的空间。有人沉湎于篮球，也有人难忍学习的枯燥成了逍遥一派，魏兵则成了“少年维特”，成绩严重下滑，1988 年高考名落孙山。后来他没有像一般同学一样选择复读，他从家乡遍布的养鸡养鸭专业户那里看到了商机，自己办起了炕坊。也许是因为他的勤劳，也许是因为他的智慧，他的生意一直不错。同学聚会时，有同学揶揄他追求“班花”的一段经历，他对这段人生经历并不懊恼，甚至觉得那段经历是人生的积淀，是后来人生的铺垫……

我在这个学校担任高二高三班主任的时候，走遍附近的五六个乡镇，每家的主屋旁边都有鸡窝和猪圈，种养是绝大多数家庭的收入来源，少数富裕家庭才有电风扇和黑白电视机。绝大多数学生的父母都是老实巴交的农民，他们习惯称老师“先生”，左一个先生右一个先生地称呼我们，让我们仿佛回到了父辈们的生活当中。一个读过初中的家长就是相当高的水平了，所以，他们跟我们的交流常常词不达意，要么说一句：“先生，我的伢儿不好，你不要客气啊，你打他骂他，我们不怪你!”要么就是把自己的子女叫到跟前，当面交代：“丫头啊，你要好点儿上（学）啊，不好好上，将来回来了，就只有打洋机（踏缝纫机）。”就是这片土地里顽强成长出来的孩子，从小练就了独立面对生活的本领，跻身上海、南京、广州、深圳等大都市的那些学生，自己有了孩子之后，没有老人照顾小孩，就成立了“互助小组”，互相帮衬，今天一人有空，同学的孩子放学后到他们家集合，明天另一人有空，孩子们就集中到另一家。周末或者节假日，老家来了亲戚或者我们这些老师，都成了他们团聚的节日，这样的相聚如同他们不定期的人生沙龙。相聚的过程中，老师说点人生感悟，年长的学兄学姐给学弟学妹支着儿，或者他们彼此之间互相提个醒，如同当年在灌溉渠上的行走一样：小心翼翼地面对生活的泥泞。他们有几个同学的爱人是其他中学毕业的，参加了我们的几次师生聚会后，总说：“你们的师生关系和同学关系，跟我们不同。”是的，这样的师生关系其实就是一个规律性的安排，只有在那样的环境条件下才能培养出迎迓霜雪的迎春花呀。

五

后来，这所学校和附近的三所学校合并到南边的如黄公路边上。从这个校园里走出去的校友相聚的时候，他们难舍这个偏僻的母校，依然到母校旧址去寻找当年的记忆。我知道，那里依然流淌着他们如诗如画的青春年华。参加 1988 届师生三十年聚会，我曾经以《乡野的校园》为题写了一首小诗，其中的两阕是这样写的——

生活不止眼前的苟且
还有一挂鼓鼓的行囊
装着曾经的青涩
沸腾着年少轻狂
三十年的窖藏
依然回甘

校园
风化在一湾小河的中央
树林下的种植
记载着农人今天的希望
颓废的教室
成了鸟的天堂
熟悉的水井

眼睛不再清亮
但是，老井不会遗忘
搪瓷缸清晨的碰撞
是她温暖的回想
教室内外
是学生圪蹴的饭堂
琅琅的书声
携着稚拙的理想
飞向远方……

当年他们无论男女生都是在宿舍旁边的水井边洗漱，吃饭都是在宿舍或教室门前，在这样简陋的生活常态里，这个学校的高考成绩常常成为全县的黑马。其实，他们就是一簇行走的迎春花，临霜迎雪，通过自己的倔强努力弥补着先前的不足，用煤油灯下的苦读，实现着人生的修葺。

孤雁栖落黄海边

那年，一只孤傲的雏雁跌落在黄海岸边……

烈日下，低矮的校园荒草萋萋，焦躁的蝉鸣搅得人心绪难宁。

那年，他二十刚刚出头。初为人师，就遭遇了职业生涯的“滑铁卢”，从中心小学一路滑坡，最终停泊在偏僻的村小。孤身居校，宿食都得自己料理，这种生活状态对一个男孩儿来说其实就是身心的煎熬。我与他同龄，同时期，我在另一个县同样偏僻的学校讲台上，年轻人食欲旺盛，加上从车水马龙的都市骤然落魄到清寂乡野的反差，伙食常常是年轻教师发泄的话题。有天晚上，食堂工友没有按照规定的食谱煮饭，一位年轻教师看到稀饭馒头，愤怒之下把厨房的勺子摔得“身首分离”。工友向老校长告状，校长不但没有批评年轻教师，反而批评工友消极怠工。后来，我们这所完中里的“灰姑娘”就因为伙食不错才留住了很多优秀教师……所以，在感受了杨谔先生的这段际遇之后，我自然戚戚于他的寂寞、困厄。

在世俗的人生观里，这段村庄生活是对杨谔的折磨，但我倒以为，枯寂的汁液却是催生他书法花环的养分。如果当时命运无缘无故地垂青于他，将他投放到一个温煦得让人昏聩慵懒的环境之中，或者将他置于一个“宾从杂遝”的“要津”，书法或许成了他怡情养性附庸风雅的谈资，那么，我敢认真地说，杨谔肯定成不了现在的杨谔。不过，人生不能假设，此时的他除了身边的一堆书和笔墨纸砚之外别无长物，艺术对这些留着鼻涕的农村孩子来说是天外仙女，书法对这个村小如同相隔万里之远的亚马孙丛林里的藤蔓，拥有它，不能果腹，没有它，夏天依然炎热冬天不改寒冷，学校没有一位师生像操心柴米油盐一样惦记着它。然而，艺术如同珍珠、玛瑙一般，从来都是慢生活的结晶，甚至就是在生活的煎熬里才会磨炼出孜孜以求的韧性。夕阳西下，瘦弱的校园一片寂静，秋风瑟瑟，饥肠辘辘，一腔愁绪，只能抛给校园边的田野，只身躲进小屋，靠近歪斜的学桌，此时此刻，只有墙边一堆泛黄书籍里那份美丽聊以抵御惆怅，只有宣纸和翰墨里才有满足、美丽、优雅、奔腾、飞跃、舒缓、悠扬……

当然，杨谔不是打坐蒲团的僧侣，也奢望过上一段华丽的生活。就在这时，县城少年宫的书法讲台对他产生了巨大的诱惑，既能跟倾心的书法相守，还能融入城市的时尚生活，然而，这等好事不会无缘无故地垂青于这个乡野里的毛头小伙儿，这个心心念念的岗位只能给他留下一段企望的记忆。冷静思忖，到县城生活四平八稳、安逸顺当，但是探求的锐气终将消遁，创作会变得越来越不合时宜，于是，他并不为这个失去的机会气馁，一不做二不休，破釜沉舟，继续朝着书法这朵冰山雪莲跋涉……

1990 年，他停薪到北京大学艺术研究中心学习。大师们的精彩授课，北大图书馆丰富的馆藏，让他如鱼得水，他像一个久经饥饿煎熬的挑夫撞进了自助餐厅，头也不抬地饕餮、海饮。他多么渴望培训时间能够无限期地延长啊，哪怕一年，哪怕两年，只可惜，此时，他已成一个没有收入来源的无业游民，基本的生活支出加上大批量地买书和复印资料，让他的兜里只剩下回去的车费。他觍着脸去长城景区兜售自己的作品，可惜这种方法在世俗的人流里只能得到世故和不屑的回报，无奈，只能提前“逃离”京城。

关于这次“逃离”京城，有一个美丽的故事。当时离结业尚有一段时日，他去向李志敏先生辞行，李先生当然要问清原委，他说是回去结婚。李先生当然不好阻拦，甚至还立马秉笔写了两件作品向他致贺。书写时，杨谔看到李先生断而尚连的皮带头在胯下晃荡，感到滑稽可笑的同时，一种莫名的酸楚涌到心头：文人就是这样的穷困潦倒啊，此时，自己急着回去其实不正是囊中羞涩嘛。但是，此时的他，想得更多的是北大学习为他打开了一扇通往艺术殿堂的大门，他要赶紧回去，跟以往那段与艺术若即若离的生活做坚决的告别。生活与艺术一样，生于自由，死于束缚。

就是回来后的这一年春节，二十多岁的毛头小伙杨谔写成了论文《禅与书法》入选了兰亭奖的理论奖，不久，著名学者、江西省社科院历史研究所副所长萧高洪邀请他及国内数名印学家合作撰写了《历代玺印精品博览》一书。之后若干年，他的作品先后参加全国中青展和全国展。纵观他数十年的探索路途，经历过短暂的荣耀，但更多的是艰辛和痛苦，一路艰难跋涉、泅渡，一次次受挫，一次次煎熬，如同凤凰涅槃，而他依然紧攥探求的火把，在艺术的园地里宵衣旰食，让探索近乎传奇、虚幻、壮美……

尽管黄海边的那个村小已经消失在历史的烟尘里，但我以为，杨谔不会忘记，因为他飞翔羽翼里那份坚韧来自那段难得生活。

原载《江海晚报》2019 年 5 月 10 日

偶然翻开的这本书

因为心脏的毛病，生活突然变道拐进了医院。在这儿，我“堕落”成一个不能自理的人，成为他人的监护对象，和不同年龄、不同职业、不同生活习性的人躺在一个病房，吃着一个桶里的饭菜，甚至将自己的隐私在很多陌生人面前暴露了……

一、鼾声最真实

医生建议住院的时候，我就在担心我的睡眠。

我的生活里，最不让我自信的就是睡眠，它如同我长期呵护的“盆景”，尽管像保胎一样的悉心照料，但依然不改它的“面黄肌瘦”。多少年来，我的睡眠必须经历三个固定的程序，否则，一夜就别想入眠。首先是不能早，必须在夜深人静的时候才能启动。其次是泡脚或泡澡，等到泡得昏昏欲睡的时候才能上床。最后是安静状态下的床头晚读，等我将注意力聚焦到书中的文字内容，刚刚阅读的内容在脑子里不停地重复，拿在手中的书不能控制地盖到脸上或者突然掉下来的时候，才能闭着眼关掉台灯，这样，睡眠才能如愿而行。入睡前的三个阶段里，不能受到一丝一毫的干扰，否则就会前功尽弃。

等到下午取出核酸检测报告办完住院手续，已经晚饭时点，走进病房。同病房的黄总年龄跟我相当，长期在东北做建筑工程，自述手术后恢复得很好，两天后出院。看到他，我就在想今夜如何跟他和平共处，让我能顺利走进睡眠的入口。看到他的滚圆肚子和与电视新闻“若即若离”的状态，我就预感到我们两人在睡眠上的“贫富不均”和“不共戴天”。果然，在路灯睁开惺忪眼睛后不久，他就没有铺垫地进入了睡眠状态，而且很快进入佳境。以往出差，我跟鼾声很大的人同宿一个房间，一般都有中场休息或翻身之后的调整期，可黄总的鼾声属于没有停顿和“过门”的那种，是一种持续的高亢、持续的激昂。我想起了我经历过的很多鼾声，每个人的鼾声真是千差万别，如果记下这每个人的鼾声，或许对作曲家的音乐创作能够产生很好的启迪。

我对今夜的睡眠不抱指望了，睁眼躺在床上休息。凌晨四点左右，他翻了个身，将被子裹得更紧了。室内的温度实在太低了，我小心下床将空调关了。真是赠人玫瑰手有余香，后来的一段时间，我竟然没有听到邻床的鼾声，甚至不知道自己睡在哪里了，大概我的睡眠已经相当投入了。

后来躺进黄总床位的是老顾，第一眼看到老顾的身材体量，便对未来几天的睡眠有了良好的预期。老顾的身块跟我相当，不胖，甚至感觉比我还瘦。不过，一见面的时候，老顾一个人坐在床边揪心，怕在楼下办手续的老婆找不到病房。后来，据他老伴自己说，在楼下办完事之后就不晓得东西南北了，是护士长将她带到我们病房的。老顾的老婆高高大大，身体微胖，第一眼就预感到她的睡眠很好。这位农村干活的一把好手，快人快语，跟我们接触不久就告诉我们她最近的心思，她说最近家里要拆迁，睡眠一直不好。听了她的话我有点暗喜：她的睡眠不好，也许就不打呼噜了，这样，我就可以安稳入眠了。吃完晚饭，离日落其实还有个把小时，但是，老顾夫妇就躺到各自的床上进入“日落而息”的生活状态了。老顾的老伴先在手机上看看笑话段子，间或跟老顾说说家长里短，然后说一声：“我睡了。”接着就传来她翻身的声音，大概不到一段电话铃声的时间，鼾声一下就冲到病房的天花板上，这是我遇到的进入睡眠状态最快的人。其实，她不仅入睡快，更重要的还很沉，上半夜，即便老顾下床倒水、小便，都无法叫停她的鼾声。

听到如此鼾声，我对今后这段时间的睡眠完全失望了。“晚食以当肉”，我就用东坡居士的随遇而安对付着一个个漫漫长夜吧……第二天早晨，老顾的老伴对我说：“你睡觉也打呼噜。”

我知道，进入深度的睡眠之后，我的呼噜声也是不可小觑的。看来，人的鼾声其实是最真实的语言，没有丝毫的掩饰。

二、医院也有生物钟

躺在病床上，朝南的窗帘由暗而黄，由黄而白，我如同躺在城市的卧铺列车上从漫漫长夜驶入新的一天，自从离开学校没有起身钟的提醒之后，我对一天中这个时段的征候已然十分陌生了。

翻过身，继续享受这份难得的静谧。

迷糊中仿佛听到轻微的推门声，下意识地乜斜门口，年轻的护士走到我的病床边，轻轻地拍着我的手臂：“抽血啊。”我赶紧坐起来，捋起病服的袖子，她先是拿出皮条捆我的左手臂，然后是左手抓住我左手的四个手指，右手的两个手指在我的手臂上查找我的血脉，很快金属的针头扎进血管，我身体里的殷红血液慢慢地流进红绿蓝黄各种颜色的试管，我知道，这些鲜血一会儿还将进入化验室的流水线，我的大小便也一样进入了分离、化验的流程，在化验人员加入试剂后变成化验单上的数据和箭头，表达着我的生命体征。

感觉离我平日的起床时间还很遥远，继续躺下休息。时间不长，门被果断地推开，发出清晰的声音，我侧头瞥一下，大个子护工已经娴熟地进入卫生间开始保洁。我打开手机查看时间，5：50，这么早？我感觉有些不可思议。看来，“夜卧早起”这《黄帝内经》里的生活要旨，只有医院才是坚守得最彻底的铜墙铁壁。

接着，护工收拾陪护床铺，护士送药，更换病员服，整个病区的各项环节，尽管都在病房进行，但是没有交叉，没有错乱，与日升月落一样都在各自的轨道和时段里进行。

打饭的女护工是走廊里没有遮挡的声音，她的声音就是进入白昼状态的信号：“来——20 床。”“21 床——来，晓得打饭了，就早点把碗准备好。”听得出，她嫌病员家属动作慢。是呀，吃饭是病区生活里耗时最长的环节，吃好饭病员家属还要洗碗、收拾床铺。吃过早饭，护士检查每个病房，接下来，六十多张病床，医生们要对每个病号巡检一遍，当天的诊疗方案就在这个时候进行医患对接，病区的每一个程序、每一个环节在每一个人身上都不能耽搁。医生查房之后，病员的各类个性化检查才能分头进行。同病房的老顾从进院开始，身上就挂满“蜘蛛网”，大小便都是在床铺边完成的。今天上午他要到楼下做心肺系统的 B 超，吃完早饭后，他想到卫生间大便，请护士把各种监护仪器拆了，但是，医生没有发话，护士自然不敢擅作擅为。老顾表达得十分动情：憋了这么长时间了，就想到卫生间自在“解手”……其实，我更理解医院里的“教条”，我们这些病号都是送来检修的“机器”，每一个不规则的动作都可能导致这些“机器”趴窝。

上午十一点前后是病区里最为忙碌的时段，护士站的手推车随着呼叫铃声在病房间来回穿梭，感觉护士们的两条腿就如同时钟上的秒针不停旋转。除了忙碌，她们的工作更要精准，到了病床前，询问姓名，在手带上和药袋上逐一扫码，为了赶时间，她们只有在走廊里与时间赛跑。我突然发现，这病区的走廊其实就成了医院里的动脉，而每个病房里的流程就是静脉，医院不就是一个庞大的“人体”系统吗？刚进医院的时候，每个护士到病床前总要问我姓名，我很纳闷，莫非她们怀疑我这个年纪就老年痴呆了?！后来，我知道了，这是她们为确保万无一失的工作流程。在医院里，前后有数十位护士为我服务，没有一个人省略其中的一个环节，这些规定的程序和动作，内化成了她们的本能，固化成了她们工作的“心律”。

医院里的节奏，让我想到了时钟肚子里相互咬合的大大小小的齿轮，每时每刻的运转都不会走样或失常，其实它也是有生物钟的。

三、感受人体“大修”

一般人认为，微创手术创口不大，没必要那么严阵以待。其实，心脏是人体的发动机，心脏手术就是人体的“大修”。因为是局麻，我在头脑清醒的情况下接受了这次的微创手术，真正感受了这场惊心动魄的骑兵对垒。导管进入心脏，如同对垒的骑兵山呼海啸般地挺进战场，不大的心脏内立刻万马奔腾、狼烟四起，这个心脏呀，此时就是沸腾的泉水，在这马蹄声声里我真担心会不会有一两匹桀骜的骏马突破胸腔壁垒冲到体外，我的心脏呀，可不是坚实大地、稳固磐石呀。

主持手术的秦主任语气平和，只说一句：“嗯，出来了。”接着，他又是不紧不慢的一句，“嗯，又是一个。”好长一阵之后，双方退回到自己的营地，我的心脏归于正常……就在他们静静地观察准备收手的时候，伴随着我的一次深呼吸，刚才的对垒战场上突然杀出一匹黑马，呼啸着冲到战场的中心，我的心脏又一次“蜩螗沸羹”。这一次，秦主任也有些吃惊了：“哎——他的这个心脏真有点特殊。”他似乎碰到了一个难题，位于他左边的助手靠着我的大腿说：“可能是他动了吧?”秦主任没有回话，短暂的沉默之后，他教右手的助手翻看刚才的一个页面，翻看了几个页面之后，他果断地说：“就是这个点……”后来，处理完毕，战斗结束，我的心脏归于平静。

一进病房，三四名护士一下围到床边，挖针、装监护仪、提醒注意事项，我才真切地感觉到自己的病员身份。

刚开始，我对下肢十二个小时不能活动，有点满不在乎。但是，两个小时后，我的腰开始向我宣誓了它的存在感，我这才想起了护士教我的脚部“体操”，一套动作做下来，腰部疼痛得到了缓解，我这才理解了当时一下手术台她们就教我体操的缘故。几个回合下来，“体操”的效能逐渐衰减，以至最终失灵。我的腰彻底背叛了它的主人，它将主人的统一人体在法理上分家，自己充当身体两个部分的楚河汉界，它用我无法忍受的酸痛宣示着它的存在，如同主人的一个宿敌一般一次次密谋着折磨主人的阴险行动，我不停地用被子抵住腰向它示好，但彼此之间的言和如同闪电带来的光明一般短暂。如此瞬间的缓解对长达十二小时的考验来说简直就是千百年时间长河中的一瞬。我在心里鼓励自己坚持，但是，意志力在此时完全失去了基础支撑，如同泥土遇上了潮水很快变成泥浆一般。苏东坡说：“忍痛易，忍痒难。”我现在说，忍痒难，忍痛何易呀?!

我在病床上感悟着疼痛，感受着度日如年……

看到我的难受，护士长又教了一招与时间厮磨的方法。我将双腿闭拢，两手抓住一侧的铁栅栏，妻子两手推我的身子，一二三，身子终于侧翻过来，腰上的疼痛线从下往上逐渐消融，一股淡淡的暖意很快传遍全身，我的腰又回归于我了。我仿佛重回了人间……我在心里盘算着，这样向右一侧，大约十分钟，平躺十分钟，右侧十分钟，左侧十分钟，一个回合前后就是三十分钟，那就可以把余下的六小时分成十二个时段了。希望其实是无所谓大小的，有时它可能是干渴时的一滴水，有时它可能是黑暗里的一束光，现在，它就是能够解除我疼痛的一点力量和一个简单的动作，我现在又一次看到了生活的希望，感受到生活的美好。

那天刚刚住院的时候，我对病床两侧松动的栅栏纳闷了好久，好端端的栅栏，上下可以自由活动，不需要时摁下去滑到床面以下，需要时拉上来，挡住病员的被子，整洁美观方便，但是，它们给我的第一感觉如同历尽沧桑的老人牙齿，露出颓败的架势。现在，我抓住两侧栅栏翻身的时候，我终于明白两侧栅栏萎靡的原委了，无数前任病员不都是在它们的帮助下完成与时间对峙的吗？就在这样的煎熬中，这些栅栏一次次挺立在“幸福岸边”，如同悬崖岸边的锚锭，拉扯着疼痛的身体靠岸，就在这一次次的拯救壮举里，它的身子骨开始散架了，它的这张矩形圆角口腔里的三颗门牙明显松动了，它的自我牺牲精神记录在一个个病员的抗争过程里。现在，我依靠它做了几个回合的侧翻之后，我的“主机”心脏首先抗议，我好不容易向右侧过身，监测仪马上“嘟——嘟——”地发出警报，低压立马超过100，测试屏幕上方的红灯配合着声响在床头柜上起哄。我调整着侧向左边，测试仪的红灯又呼喊起来，心脏跳动急转直下，一直降到50以内，甚至没有上升的迹象。这样几个回合下来，我的腰对我的这些举动产生了抗性，当初一个姿势还能消磨掉十分钟的，现在，给足面子也就两三分钟。我的伎俩逐渐被我的腰识破，腰对我变得越来越绝情，我知道它就要在今天将我拿下，让我从此对它俯首帖耳。十二小时，这是多么漫长的时间啊……

打开手中捏出汗的手机，我期待中的时点终于到了。如果此时不是深夜的话，我真想把我此时的激动心情毫无保留地宣泄出来，在微信圈里发一条微信：我在“奈何桥上掉了个头”，先配一幅漆黑如墨的深夜照片，再配一幅“天地一沙鸥”的照片，让所有关心我的朋友与我一同分享如获重生的逍遥自在。

四、深夜里的喊叫

每天晚上九点半钟左右的时候，护士站的电话总要响一次，值班护士接听之后，整个病区如同息潮的海滩。

住院的第二天，隔壁病房大概在半夜一点的时候，传出一个男子惊恐的呼叫：“妈——妈——”一声紧似一声，很快传来护士站里的电话声：“18号病床上的老太嘴里出血，需要赶紧送到CCU

(冠心病重症监护室)。”接着是铁床拖搡和铁器家具倒地的刺耳声，护士们没有了白天的轻声细语，此时的声音都是命令，传递出匆忙和果敢。

后来听说18床的老太太在CCU坚持下来了。

另一次的呼喊发生在我手术后的第二天。走廊上的灯熄了很久，护士站的那个电话铃也早已响过，整个病区跟所有的病员一样进入了深度睡眠时间。关掉床头灯，我也进入了微鼾状态。

偏偏在这个时候，一阵放肆的叫喊野马般地冲进病区，仿佛发誓要将病区的宁静搅得片甲不剩，同时叫喊的还有一段很有撕裂感的女声，他们的叫唤让我不自觉地想起古战场上交织着的锐器和钝器厮杀的惨烈。同病房的老顾夫妇显然被吵醒了，不，病区的所有人都被吵醒了，我听到了其他病房传来的杂声。接着骚动声伴着脚步声慢慢地滑向了东北角的病房。我的睡意被完全赶跑了，悄悄地走出门循声而去，看到一个六十多岁的男人正在脱衣接受检查。值班护士看见我安慰说，没事了，已经入住了。我猜测这阵吵闹应该消停了，悄然回到床上，再拿起手机等待睡意降临。没有看完一页，刚才叫喊的男声再次袭来。同病房的老顾和他的老伴开始抱怨了，附近的病房传来开门声，我慢慢地走到病区的大门口，原来，刚才异常的高分贝的钝器撞击声就发自这个陀螺状的滚圆身体，叫唤的原因是刚刚入住病员的儿子和老婆都要进入病区，而新冠疫情暴发后医院就规定每个病员只能一人陪护，儿子被挡在病房的门外，这样才出现了惊动整个病区的吼叫。等我们几个病员和陪护走到病区门口的时候，这个三十岁左右的男人依然僵持在门口。他母亲站在门内，看到我们，又要启动她的女高音，我赶紧说：“不要吵，病人都被吵醒了。”我旁边的陪护说：“你们这样（叫），果让人睡觉了?”我对着站在门外的那个仿佛充了气的身子说了句:“你们到医院来,是请医院帮家人看病的,就应该听医院的,跟医院搞什么事哉?”在一帮人的劝说下,这对母子总算没有继续吵闹下去……

本来下半夜就很难入睡的老顾夫妇,经过这一段插曲之后,坐着床头悄悄地聊天,他们尽量地压低嗓音,其实,我还是听得很清晰,老伴说:“我哪有工夫在这里啊,家里的那块花生要赶快收了,我明天教丫头叫个车子送我回去。”老顾说:“好的,你明天在家里住一宿,教丫头在这里陪我。”我知道,老顾是心疼老伴,想让老伴在家里睡个安稳觉。这一阵的吵闹声,如同我床头上挂着的病名——阵发性心动过速。

两次深夜的呼叫,以非正常的方式表现了医院的常态,成了我这段病员生活的题款。

这家长江以北有名的大医院,每天,都有人在医院诞生,也有人在医院接受抢救甚至离世,医院里时时刻刻都在讲述着生死故事,它是离生死最近的地方。如果当时躺在手术台,医生有一点差池,我也许就与这个世界再见了。年幼时常常避讳的字眼,在医院里必须正常面对。进入医院的人都得听从医院的安排,无论你从事什么职业,无论你怎么富有怎么权倾一方,在这里你就天经地义地处于服从地位,你就当自觉地放下身段。医院,是每个人书架上都有的一本书,只是有人从来没有打开过,这一次,我偶然翻了一下,看到了未曾见识的内容。难怪有人说,一次生病会让小孩懂事不少,更何况我已经是年过半百的人呢。

妊娠十年

“一分钟就会恍过，三天后就会落伍。”当下的这般节奏总让人气喘吁吁、忙不迭地紧赶快跑，于是，年轻读者刷一眼这题目就算恩典了。

十年前，我就想写久祥，然而，每每揣着一腔涌动的思绪坐到电脑前，十个手指忽地不知道去摁哪个键了，那感觉如同备受失眠困扰的人刚要入睡突然被光晃了一下，睡意杳然。仔细琢磨，还是他本人身上太缺乏艺术味了：普通的身板儿、普通的穿着、普通的发型、普通的言辞……就这些普普通通的元素，谁能相信他是一位书法家呢。于是，我一再宽宥自己：再找感觉、再找感觉。

这一找，便过了十年……

有一次，无意中看到他的行草作品《早梅》，心里便有了一股隐隐涌动的感觉。这件行草作品似曾相识，相识的是这笔法我很眼熟，不敢相认的是，品格高拔。作品布局精巧，尽管除了题款的最后一列连同题款字数较多之外，其他几列都是相同的字数，但作品张弛有度，浓淡相宜，朦胧中，我仿佛看到草海表层漂浮的一簇一簇的青葱草甸，碧水蓝天，芳草萋萋，也似乎看到了绿茵似的高尔夫球场上一丛丛小树林、一湾湾蜿蜒小溪。

细细欣赏，起笔“一树”两字饱满丰腴，如同梅树主干膀阔腰圆，然后是一个“寒”字，偏居一侧，瘦削斜倚，渲染出清冽寒凉，接下来一个“梅”字，遒劲刚健，最末一笔飞动横斜极速向左一荡，如同梅枝逸出，整个字用中锋和侧锋交替完成，疏朗俊逸，仿佛梅的幽香漫漶芬芳，直入心脾。“不知近水花先发”一句中的“不”字连着“橋”字，仿佛这就是一个隐藏的秘密，故而为人“不知”，“近水”的笔画细若缣帛，疏影横斜，渲染出寒沙梅影般的意境。细品这幅书作，是书法，但又不是书法，是诗，是画，是舞蹈，是音乐。久祥创作的时候是不喜欢放音乐的，但是，从作品的字里行间，分明蕴藏着一段轻松的旋律。他是用羊毫与生宣共同演绎了一段轻快的圆舞曲、小夜曲，他把作品转化成了心情的快意表达，这是一份多么美好的创作状态啊。

不过，抵达这份从心所欲依靠的是一段漫长而艰辛的付出。张芝临池学书池水尽黑，怀素上人写尽芭蕉叶……科班出身的久祥坚信艺术的光环是汗水和毅力折射的结果，所以，他将对书法的“炽情”融进了每个星夜，常常，属于上班族的休闲节假日，他总将自己屏蔽在相恋相依的书房，与“笔墨纸砚”推心置腹。在机关工作的他，难免有些应酬或加班加点，但是，不管多晚，他都会用创作与世俗做一次坚决的抗争，这样执拗的结果，便是他创作时的“心手相应、得心应手”。

我的散文集《月下行吟》装帧设计时，有朋友建议请一位大家题写书名，我当即没有同意。因为，在我计划出书之时，题写书名一事就已经选定了久祥，我觉得，他的字比较适合我散文的风格。后来，久祥题写的这个书名我是相当满意的，看到他题写的四个字，那份优雅、从容、闲适的感觉就轻悠悠地从书面飘来。我的两位朋友在抢眼看这个封面的时候，总以为这个书名是我自己写的，当然，再给十年专练这几个字，我也达不到他的这个功夫。我知道，久祥在题写书名时经过了充分的感情酝酿，他的笔下已经写出了“空里流霜不觉飞”的感受，还夹带着“捣衣砧上拂还来”的缠绵。也许，就是月光下的长久体悟和交流才凝聚起毫尖的那份闲适和惬意。

近日，我看到他背临的《多景楼》，很有米芾的神韵，大家气象，简洁、刚劲的神态很足。但我觉得圆润、健硕与他的性格更为切近，他的作品，不是狂歌劲舞，不是海喝豪饮，是不落俗套的谦谦君子，是二三素心人泡在轻音乐里的小酌。

我跟久祥的交往，可以追溯到三十年前。我工作的第二年，他到我工作的学校就读，我是团委书记，他是团委委员，后来，我给他上了两年的课，所以，我是师。但从对书画知识的认知看，他倒是我的老师。当年我刚到南通，干的是文艺活儿，我这个从县里来的人，对久居城市的大家来说是个“粗糙货”。这期间，他带我结识了文艺界特别是书画界的很多名人、大腕儿，我对书法和国画的鉴赏知识其实就来源于这样的接触。再后来，我写几位书法家的文章，常常请他把关，对一些书画作品的看法也常常跟他交流，倾听他的高见。

很多艺术家爱将艺术创作的求异思维泛化为生活理念，他却坚守着一贯的内敛，酒席桌上，他总是充当配角儿，但是，酒精的功效会恰逢其时地将他的一点“闷骚”潜质抖搂出来，这个时候，他会拉着你讲述自己的艺术体验和艺术感受，那腔调依然是行云流水、不嗔不噪，说话的空当儿，鼻子一皱，空着的手将下滑的金丝眼镜悄悄地一推，继续他的话题。此时此刻，如果泼墨挥毫，也许一件令人称赞的佳作就会横空出世，可惜我没有看到，抑或这样的作品诞生过却被他遗弃了。他，就是一个小康人家走出的书法家，散发着温馨的气息，设若创作过程中多一些暴发户式的豁达，或许会有奇效。

原载《江海晚报》2019 年 3 月 25 日

转动的魔方

——读《十五堂书法课实录》

接到杨谔先生的《十五堂书法课实录》（后面简称《实录》），一般人都会惊异，36.5万字的巨著，何其艰难啊，但他将书放到我手上的时候，分明还是他一贯的坦然，那神情，如同周末的早晨多睡了一会儿，满意而平淡。我猜测，这本书是他学术观点的魔方重新扭转了几下。

不过，读完书，我感觉狡黠的他又一次让我失算。

读书的过程，让我回到了几十年前的课堂，因为这本书是杨谔先生给南通大学教科院学生上的书法课。怎样才算是一堂好的书法课呢，我以为不外乎两个目标指向，即今天教会了学生什么，明天给学生留下了什么。

从“今天”的角度看，教会学生的前提是要将学生留下来。现在的书法实在难上，它不是电影，也不是讲穿越故事，加之现在的大学生书法基础实在是少得可怜，所以，老师的当务之急是要让学生喜欢听、听得进，大学教室里最怕看到的现象就是“黄猫（黄鼠狼）看鸡”，如果真是“越看越稀”，那么，这个课注定是开不下去的。看完《实录》，我感到他的课上得有趣。

金庸的武侠小说是全体华人的成人童话，通大的学生自然不会少看，于是，他在课堂上用王语嫣指导表哥慕容复的两个事例，先是用“金灯万盏”“披襟当风”让膂力惊人的矮汉双锤互击，双臂臂骨自行震断。接着，还是这场打斗，两个矮小的青衫客舞动两条毒蛇“窜纵而至”，因为毒蛇咬人没有套路，加之青衫客的出手跨步又是天生的，如不会武功之人一般，于是，王语嫣这个武术理论家只能“没辙”……看完这一节，我不得不佩服杨谔憨厚的外表下面的鬼精，他用这个事例说明了书法理论的“有用”与“无用”，如此有些玄乎的问题，就通过金大侠的精彩片段说明得一清二楚。

在讲到隶书的时候，他将《书法报》上薛元明先生的《邓散木临伊秉绶所临〈韩仁铭〉》一文中的三张图展示出来，第一幅是原版《韩仁铭》碑帖，第二幅是伊秉绶临作，第三幅是邓散木临伊秉绶的“再临作”。三张图从左向右排列，显然是一代不如一代，伊秉绶的作品基本看不出原帖中笔画的秀雅和字的灵动，邓散木的作品比伊秉绶的作品更加呆滞，不过杨谔没有我这么直白，他说：“伊秉绶把‘无一笔尘俗气’的《韩仁铭》写成了公堂上的‘回避’‘肃静’一般的气味。”看到他这样的描述，听者能不久久回味吗？

课堂上他常常讲些书法界的逸闻趣事。在讲到“唐朝的楷书大家”时，他特别插了欧阳询的一段故事。唐太宗宴请身边的大臣，让大家互相开玩笑取乐。长孙无忌嘲笑欧阳询长得丑，先赋诗一首：“耸膊成山字，埋肩不出头。谁家麟角上，画此一猕猴。”嘲笑欧阳询长得像瘦猴。欧阳询应声回应：“索头连背暖，漫裆畏肚寒。只由心浑浑，所以面团团。”欧阳询不仅嘲笑了长孙无忌的猥琐长相，而且还批评了他笑里藏刀和内心龌龊。不管是长孙无忌，还是欧阳询，对对方形象的刻画尽管夸张，但都是栩栩如生的，于是，课堂上的气氛就不言而喻了。生动的课学生是不会错过的，难怪每次下课后那些学生总要缠着他……

《实录》全书分成三大部分，第一部分是书法基础，第二部分着重讲了常见字体和创作初步，第三部分讲的是与书法相关的课题。从目录看，第三部分话题琐碎，似是狗尾续貂，但我以为，这第三部分其实是整个课程的升华。如果没有“古代书论选读”，那么，这样的课放到初高中就更为妥当了；如果没有最后的“与书法有关的问题”，我以为，授课的老师其实就没有完成任务，只有“传道、授业”少了“解惑”，那便是老师职能的缺失。

一位伟人在给北京景山学校的题词中，给教育指明了方向，“三个面向”中，“面向未来”其实是终极目标。看完《实录》，掩卷思考，我以为最后的几节课是“豹尾”。其中，杨谔先生讲了自己亲身经历的一件往事，说是，一件四尺中堂落了款，正要盖章，站在一旁观看的画家杜大伟主动要求帮他盖章，并特意将名章往右侧倾斜着盖了，画家解释说是这样就把外泄的气都守住了。作品的“气”其实就是作品的“神”，就一件作品说，神是作品的气质所在。这个事例，在最后的时刻教给学生，这就是老师的“交代之礼”，点睛之笔。

杨谔先生的课上，常常会有一些不经意的铺陈。关于临《韩仁铭》的那个课堂实例的来历，他说：在整理书桌上广告袋的时候，发现袋底压了一张 2014 年 10 月 15 日的《书法报》（上课是 2017 年的事）。初看，我觉得这些话有些多余，用教育上的行话就是“扯”，后来，细细思忖，觉得扯得有理，早晨无意中看到，当天便用上了，这就告诉学生“积累多了，自然会信手拈来”。再分析，这张报纸是三年前的，过去他也看过，当时并不十分得用，今天偶然碰到，恰到好处地用在课堂上，不正是启发学生“能力”应该用在当用之时吗？“行于当行，止于当止”，这是书法的境界，也是人生的境界。

说他的这本书是他学术观点的魔方其实不能算错，只不过他转动的不仅仅是知识的魔方，他的手里把玩的还是教学艺术的魔方，转动魔方的时候，他把对学生的希望放在了遥远的山巅。

原载《江海晚报》2019 年 2 月 26 日

铃声，远去的童话

想不到，自行车的铃声竟然成了我对家乡的灵动记忆。

那年季夏，我从车水马龙的省城返回家乡，雨后的空蒙使小城出落成少女般的光洁鲜亮。走在幽深的小巷，轻松的步履和着身后清越的自行车铃声，仿佛昨夜豪饮后就上一碗清凉的米汤熨帖惬意，还魂般回到了原初。意念里，铃声如同彩绸从苍老的屋檐滑落身后，顺着小巷悠游婉转，飘荡到小巷连接的大街，跳荡到碧绿的梧桐叶，与树上的小鸟打声招呼，然后轻轻盈盈地飞到了白云的身边……也许，这铃声就爱与白云做伴，她们才是最亲密的朋友。

铃声是小城清早最美妙的乐曲。小城人买菜，总是起个早骑着自行车，脚一蹬就到了附近的菜市场，车子前面的篓子里放着早点，龙头上挂着素菜、荤腥。当年，我就属于这买菜一族，买菜成了我与日出的一次约会，也是我融进城市生活的开始，我在大清早的菜市场感受着小城的生活。自行车是不能推进市场的，所以，市场周围的停车场常常是铃声和问候最为集中的地方。你在前面推车，熟人看到你的背影，故意不发声，靠近你的时候，一阵热烈的铃声在你身后响起，稍稍回头就会兴奋地聊上几句：“早！叔叔，买菜呀?”这是问话，其实是不需要回答的，因为他的车子龙头上挂着的小竹篮就是他的来意。年长的回话：“是啊，你也来买菜?”“是啊，到市场上去买点冬瓜、黄豆，这大热天的，清清火……”

铃声有时也有不熟悉的，“叮——叮——”一声铃声在你身边不急不躁地响起，这是在提醒你，伙计，我要通过你的身旁了。铃声也有急促的时候，“叮叮叮，叮叮叮……”你无须回头，就能知道这是急着赶路的，你只要稍稍靠边，这便是对同行者的礼敬，也是起码的礼数。当年家乡的小城很是安静，走在路上，斯文的铃声却有着与其分贝并不匹配的力量，如同一个俗语所说的，有理不在声高。

中医上有个说法叫配伍，其实我就觉得，自行车和青砖小巷才是一个当然的组合。半旧的自行车在高低不平的青砖小巷里震荡，铃声不间断地响起它清脆的唱词，如同院子里小媳妇哼着的小曲，连同厨房里飘出的香喷喷的气息一同飘进生活的幽巷，送走生活的鸡零狗碎和烦躁。

铃声的式微起因于交通工具的变化。二十世纪九十年代的时候，高调的摩托车跟年轻人一拍即合，如蝗虫般涌进了小城安静的怀抱。这个在安全性上存在先天不足的家伙，它的特点正好迎合了年轻人。速度快，正是年轻人喜欢的风风火火；动静大，招蜂引蝶，像磁铁一样最能吸引周围姑娘的目光；身价不菲，那是富有的标签。于是，车后带着长发飘飘的姑娘兜风成了小城里的时尚风景。年轻人的一阵呼风唤雨，带来了小城交通工具的一个更替，摩托车不容置疑地成了小城道路上的主宰，其时，居住小区里到处是它霸道的站姿，或顺或横，或斜倚或直立，如同它的主人一般随心所欲。大街上常常是它呼啸而过，放荡的喇叭声总让人想到《水浒传》里的马嘶和怒吼。自行车伴着主人老迈的身躯变得越来越猥琐，瑟缩在小城的墙角。

尾随着摩托涌进小城的是汽车。不过，汽车在小城首先遇到了小城冷漠的抵抗，小城的主街道上还没有机非隔离带，很多小区的通道还很狭窄，居民楼的四周只有留给自行车的砖地，汽车夸张的喇叭声常常把不相干的人吓得心惊肉跳。小城的空间不大，从东门到西门骑车也就十来分钟，只有长途才用得上汽车，于是，主人总为汽车的靠泊之所发愁。

尽管后来小城也慢慢接纳了汽车，但是，骨子里依然保持着对汽车的不屑。

有一次开车从西门赶到东门，汽车刚刚滑入一个背街的支路，立马感觉到自己选择的草率，车子如同撞进港汊的大船，孤立无助，不能动弹。好不容易扭到了十字路，以为走上了通途，可是，小城的普通十字路口是没有红绿灯的，这里常常是汽车、摩托、电瓶车、三轮车、自行车的胶着场地，是各种车流的旋涡，也是各种喇叭各不相让的练声场……

悄悄地，自行车又回到了小城的生活，像鸟鸣一样在小城再现。然而，回归的自行车却把铃声丢在从前的岁月里，它的身上除了安装了电瓶之外，还有就是它憋屈的喇叭声，老化的嗓音里已经找不到原初的天真和灵气，它的声音胆怯而局促，憋闷而猥琐。当初那个水灵灵、慢悠悠、清亮亮的铃声已然难以寻觅。

我有些不信，还是差不多的自行车，怎么就没有当初的那份感觉呢？后来，终于想通了，自行车是当年最常用的交通工具，当年的城市也就那么高，那么大，根本就没有现在这十几层、数十层的高楼，住在十几层的高楼里，还能听到自行车清越的铃声吗？时速达到三十公里的电动自行车没有喇叭已经不能引起路人的注意啦。

“叮叮叮……”“丁零零……”一串串慢悠悠的铃声，成了生活里远去的童话。

原载《江南晚报》2023 年 8 月 22 日

第四辑

脚印是生命的诗行

快意写作的精彩呈现

——读时鹏寿散文集《生正逢时》

说来真巧，我接到时兄散文集《生正逢时》不久，就是2021的高考，当天，我从我们共同的朋友王学东教授的微信公众号上看到各地高考作文题。其中，北京卷的一道作文题是：请以“论生逢其时”为题目，写一篇议论文。

看到这个作文题，我不由得更加佩服时兄了，当即发去微信：“北京卷作文是受时教授大著的启发？”他回话：“也许。”其时是6月7日中午。我把手机放在手边等他继续回话，然而，没有再等来只字片语。我还很奇怪呢。后来，我想起来了，近年来高考作文题出来后，他都会下水作文，甚至从不同的角度写上数篇，当天中午正是他下笔神来之时，他顾不上我了！

《生正逢时》涵盖三大部分，其中，《人事代谢》部分主要是写人的，涵盖了亲人、身边的人、家乡的名人，以及其他感兴趣的名人。品咂他的文字，如同走进了家乡的历史烟云之中。《“天下豪杰魁”：胡瑗》《我与“伤痕文学”先行者的缘》《雉水风流》……看完了一篇再看一篇，哪一篇都不舍得错过。我曾经参与编写过家乡的乡土教材，也曾写过一些家乡的文章，家乡名人掌故我读过不少，但是，这本书依然让我收获多多，很多史实材料是第一次看到，这让我对同庚的他更加刮目相看了。《重逢曹文轩老师》是我比较喜欢的，他先用较大的篇幅介绍了在北大的首遇。我作为一个讲台上的经历者，也算是对教育拥有一定感悟的人，看到曹老师对教育的精辟见解，那感觉又何止是醍醐灌顶呀。既然是重逢，第二次的着墨重点放在了席间闲聊，用这样的刻画体现了曹老师的博学、和蔼，这样的架构我只能说“时兄太狡猾了”。

写人物关键要抓住人物的特征，更要回答读者关注的话题。写著名作家卢新华一文中，他首先抓住了卢新华的“放下”，所以，他用了《“放下”后的再崛起》这个题目夺人眼球。文章首先抓住“为什么要出国?”随着他轻松的语言，心中的疑窦逐一解开，读来十分解渴。接着提出“怎样‘放下’呢?”，他从孔子的“吾执御矣”得出卢新华到美国后踏三轮车的原因，这个诠释，是卢新华当时的想法还是时兄的推断，我没有向他求证，但这样的写法读者觉得有趣，也符合卢新华的身份，同样体现了作者的睿智。抑或是长期的课堂教学使然，他在很多文章里总喜欢采用自问自答的形式提出问题，既让人一目了然，更引人跟着作者的思路继续阅读。

书中的三大部分中，我尤其喜欢《生活百味》，世俗生活里闪烁着他的人生态度，也让我跟着他的文字轻快地走进熟悉的市井小巷，回归我们年轻的岁月。生活中有哲学，人情里见学问。书中的《“我心有主”》《生正逢时》《善待荣誉》《善待挫折》《欣赏他人》《学会放弃》，每一个议题都来自生活，都是人生的考验，在这些人生的“十字路口”如何选择，作者凭借深厚的语言功力和学识修养，在纵横捭阖之中给读者以“点石成金”般的指引，“时师”（他的自称）就是“时师”，其他人一时半会儿是学不到的。

散文语言信奉简约。数十年的交往中，时兄无论是口语还是文字都与散文实现了无缝对接，如同本文开头我讲的故事一样，简约、轻松成了他的风格。写易卜生的自私，他是这样写的：“也许，除了钱袋，任何东西都不会让他感到亲近！”（《易卜生的“绝对隐私”》）他没有说得咬牙切齿，就这样轻描淡写地把易卜生的爱财刻画得栩栩如生。

读着这样的文字仿佛喝着午后茶。

文章是作者气质的外观，《生正逢时》一书其实就是时兄“快哉千里”特质的精彩呈现。

原载《江海晚报》2021年7月30日

我的水晶球

一

起初与地图的相遇，纯属偶然。

那年，流行的百日咳在我身上发酵成了撵不走赶不掉的慢性支气管炎。白天，小脑袋竖着，呼吸还能跌跌绊绊勉强维持，到了夜晚，睡到床上，那是氧气的高度紧缺，续命的空气始终被堵在送达的半路上。上气不接下气的挣扎伴随着喉咙里破风箱的挤压摩擦声，使我在八九岁的年龄便成了经常出入大队卫生室的“病坛子”。

大队办公室挨着卫生室，墙上张贴着世界地图和中国地图，于是它们成了我候诊时的读物。我很奇怪，地图上居然没有我十分向往的县城，如同我心里无比神奇的孙悟空在牛魔王面前遭到了惨败。不过我找到了心心念念的南京，几个月前在南京当兵的哥哥带回来一袋蛋糕，我吃了一个，一小口一小口地细嚼，越到最后越是鲜甜。我第一次晓得世界上还有如此美食。面对地图上的南京，仿佛看到它的所有商店里都摆着满货架的蛋糕。一想到那个表皮酱红内里鹅黄的蛋糕，尝起来甜蜜蜜松软软的，我就不自觉地咽涎。地图上有成千上万的城市，这些城市的生活都比我的家乡幸福吧，我都想去。我在地图上继续寻找我听说过的地名，北京、上海、广州、拉萨……每发现一个，就好像自己的未来又多了一个去处。所以，生病是痛苦的，但是面对地图我又常常快乐而兴奋。

家乡人把气管炎叫作齁齁病，仅仅半年，我就由一个小胖子变成了大人眼里的“筤脚虾儿”，看到我齁成那么孱弱的样子，上了年纪的人都摇头叹息：唉，这伢儿没有大年纪过啊。

全家人带着我与疾病的抗衡一直持续到上初一。许多同学，还有他们的父母都十分费解，一个病坛子为什么偏偏总是班上考得最好的？现在想来，每次被疾病折磨得难以入眠的时候，我就会思考一般孩子想不到的问题，比如，生活的艰难，不发病的时候要努力学习……所以，一次生病的经历其实是一个小孩成长的台阶。将近四年的时间里，每隔两三个星期我的病就要咆哮着光顾一次，这么说来成长的机缘似乎对我太过宠爱了。还有一个特殊的缘故，其实就是地图了。每次看到地图上的城市，我就把未来藏进这些大大小小的圆圈里，那张涂满颜色的地图就成了挂在我心里的天大秘密：一个癞蛤蟆想娶太阳宫里的公主。每天下午放学回家，当小伙伴们呼叫追打的喧闹声在房前屋后穿梭的时候，我却在家里完成家庭作业，等我完成作业后再去找他们，他们的游戏已经结束。地图，成了我抵御玩耍的屏障，也成了我的痛苦生活里的一丝光亮。

二

和很多同龄人一样，高考是改变人生命运的一次机会，它包含着我的爱恨情仇，而地图正是其中的见证者和合伙人。

文理分科时，在那所明显偏重理科的学校里，我却执着于自己的爱好，坐进了文科班的教室。地理成了每天相伴的主要学科，从此，我抱住了地图的大腿。

地图没有负我，在决定人生走向的历次大考中，地理一直是我得分的主力。预考时，我的地理成绩位居全县所有考生中的第一。如果不是“强迫症”倾向，那年的地理砍下一个高分应该是水到渠成的。偏偏那年高考地理试卷上首现多项选择，因为害怕倒扣分数，结果，我把心知肚明的正确答案一一划掉，硬生生地只留两个。直到数年前，与当年同窗、现为南通大学教授的蒋国宏聊到高考时，才晓得当年付出的代价过于沉重了。当年的做法，实在有愧地图。行笔至此，我想起了著名国学大师文怀沙的一句话：“做事不必瞻前顾后，要服从心灵的召唤，对崇高负责。”

真是成也萧何败也萧何，那年如果不是高考地理科目中丢失了十多分，我的人生轨迹与现在注定是不相干了。后来，我不偏不倚地“服从调剂”进了师专的史地班，呵呵，当年在地图上憧憬人生的那个小屁孩，在人生的重大转折处与地图再次定了终身。

到学校报到后才知道，录取开始之前有关部门进行了微调，将原先招生计划里的历史专业，改成了历史、地理两个专业。这个改动对我的很多同学其实是比较残忍的，地理专业当中的自然地理属于自然科学，他们在高中阶段与高考总分无关的科目都被学校删枝去叶了，自然科学部分成了他们知识体系中的残缺。而这个小小的改动，却改写了我一生的走向。

绝大多数高校的地理专业只面向理科招考，印象里唯有南京师范学院（现在的南京师范大学）地理系录取少量文科生。也就是说，如果当年我的地理发挥了正常水平，总分就超过了本一，那么志愿表上就没有“师范”字眼的我，进南师地理系肯定是不可能的。

可以说，高考地理的这个“整蛊”给了我与地图重续前缘的机会。

三

现在看来，将历史和地理两个分属文理科的专业硬扯成“工作夫妻”，对我来说是命运的一次垂青，让我戏剧性地成了一名地理老师。20世纪80年代，各个行业呈现出失血后的虚脱，人才断层成为严峻的社会问题。我栖身的教育系统各个科目的教师青黄不接，尤以英语、地理、历史、生物为最。跨出大学校门，踏上中学的讲台，当我们这类在大学既学历史又学地理的“通才”出现在校长、教导主任面前时，立马成了他们眼里的香饽饽、及时雨。我的同学里，后来有教历史的，也有教地理的，成为教研组长、教导主任、校长的，究其原因大概是我们救了学校的急。

我最初供职的母校给我提供了优渥的成长环境。学校僻居于广袤的乡野，三面环水，是一个远离浮躁的地方。学生大多来自周边乡镇，浑身散发着泥土的味道。千方百计将我拉回母校的校长是个耿直爽朗的长者，他告诉我：“你是我趿着木头趿板儿坐在局里把你要来的，我把高三、高二的文科都交给你。”他的用人之道让我想起了草原上驯马的老把式，让我一入行就练就了超负荷的干劲。当年的学生仇艳红今年春节对着满桌子的人说：“那个时候，吴老师总是‘迈着六亲不认的步伐’。”是的，当时我就是心无旁骛地备课、上课、吃饭、睡觉。

十个月后，我成了全县教育系统最年轻的党员，新学期伊始就主持共青团工作。我与学生年龄相当彼此亲近，学生也“爱屋及乌”地喜欢地理。晚自修时我到教室里走走，温习地理的人总是超出应该的比值。同教这个班级的一位同事偶尔到教室巡视，结果只看到一个学生在温习他的功课，这让他十分受伤。老家有句俗语是“秧怕就受干，人怕老受苦”，我这个小秧儿刚刚栽种到稻田就受到如此的滋润真是我一生中难得的福报呀。

信任，有时更是压力。送走两届高三后，有一个场景经常萦绕在我眼前。1986 届的一位女生，拿到高考成绩单后隐忍着泪水与我话别：“吴老师，我回家去了，你有空到我家来耍子。”直觉告诉我，这一别，她与校园永无再见的机会，她那样的家庭，回去不久就要嫁人生子了，未来等待她的是每天都吃不饱的鸡鸭猪羊。好长一段时间里，我不停地自责：如果她的地理学得更好一点，也许就是另外的结果了。

地理是文科中的理科，理科中的文科，这个怪异的个性让学生很难对付。那段时日，两个超出我思考能力的问题不依不饶地追逐着我：地理教学的“牛鼻子”在哪里？地理教学的最佳路径是什么？常常，我被折磨得有些焦躁，几个老师一起聊天时我会悄悄走神；找学生谈心，我会去关注其他学科的课堂教学，冷不丁地问一句：“你觉得包老师的语文课好在哪里？你最欣赏哪个老师的课……”一段时间的寻寻觅觅依然没有答案，我怀疑这两个问题或许就是无解，或许它们就是希腊神话里的塞壬。我想起了格林童话里的《水晶球》，现在的我就如同第一次站在太阳宫前的小伙子……终于，有一天柳暗花明了，地理学讲的是 3 个“W”，where，what，why，在哪里，是什么，为什么，而“在哪里”就是地理学的本质属性。在热带，在海滨，在沙漠，在山谷，在山巅，这给一个地域带来的就是气候、物产、水文、农业、生活等方方面面根本性的特质。“在哪里”必须对应着地图，所以，读图能力才是学好地理的关键。面对地图，有的学子看到的就是一张彩纸，如庖丁所言，“所见无非牛者”，没有看到地图里内蕴的“天理”“大郤”“大窾”“肯綮”。所以，关键的就是要把地图读成立体的图、组合的图，从地图上读出山岩起伏、沙丘累累、沟壑万千，读出一连串的地理信息。有时就是没有图也能想到图，这才是学好地理的“牛鼻子”。众里寻他千百度，一直郁积于胸的块垒，终于溶化了。

经受涅槃的结果是，连续若干年我的学生高考成绩在全县夺魁，我也因此走上了省重点中学的讲台。不能忘记地图在教学上的有求即应，在这所位于县城的重点中学里，我与地图的关系变得更加亲密，它成了我提升教学效果的一大秘籍。因为高考科目的变化，1992 届成为我在这所中学送走的唯一一届高三。这届学生第二轮复习的第一堂课，我自行设计的一道例题竟然和当年高考的读图题如出一辙……看到试卷后，我的一位女学生很是开心，在考场上不自觉地哼起歌来。据说，当年高考分数出来之后，分管教学的副校长在计算地理平均分的时候，不敢相信我们的成绩，重新计算后方才确认。

在教师岗位十年，能在教学中取得一点成绩，其实是与地图缱绻的结果。这十年，我与地图如琢如磨，地图成了伴我攻城拔寨的左膀右臂。尽管自己蜗居在地图上很难露脸的县城或农村，但是，我促成了许多学生在地图上有标注的城市读书、落脚。很巧，也是十年，当我后来听到陈奕迅的歌曲《十年》，我感觉那样的“最后”终究还是感情不够纯粹、没有高度契合，掺和了些许的杂质而已。

四

我在现在的城市落脚了。每次对着地图，看到所在的城市名，感觉自己在地图上有了户口。我与四面八方的同学、学生、朋友交往更便利了，我们的交流也更加合拍。这次生命里的大转场终于遂了我数十年来融入地图的愿景。

不仅融进城市，我还参与了建设和管理城市。若干年后，我到市文明办任副主任，分管文明城市创建工作。我与地图的关系有了一个新的开始。

文明城市创建是一项很辛苦的工作，每年文明城市测评前夕，每个城市都要组织数十人集中办公，最紧张的时候要连续多少天不眠不休，常常耳闻创建的同志倒在岗位上。到了文明办之后，领导把这项重头工作交到我的手上，并交代我想办法摆脱这个魔咒。

如同老鼠啃鸡蛋。147 页的《操作手册》上被我做满了记号。凌晨，身子尽管躺在床上，脑子里却翻腾着文明创建的各种设想。坐在文明的菩提树下我思索了多长时间已经记不清了。某一日，面对地图，它终于说话了。它说：“我的优势是空间表达，条理性是我的短板。但是，不同的元素用不同的图例、不同的颜色，不同的层次用不同的字体、不同的字号……”地图通过不同的表达形式弥补了自己的不足，变得条理分明。此时，我茅塞顿开。以往，文明城市创建的艰难都集中在块块上，条与块的职责不清，互相推诿，文明办的很多精力花费在协调上，所以，不仅身累，而且心疲。我想到了《水晶球》里的小伙子，得到水晶球，除了自己的百折不挠之外，更有他的两位哥哥及时出手，如果没有变成鹰的大哥和变成鲸鱼的二哥，靠他一个人单打独斗，可能水晶球早就烧成灰了。这明摆着就是告诉我，除了块上的努力之外还要有各条线的尽职，发挥部门优势。于是，我向领导建议，将物业管理、河道管理、建筑工地等重点项目交给条条，将背街后巷、道德提升等交给块块，明晰条块职责，条块结合，取长补短。

如同叙事诗，地图语言素雅平实，但是，它的内涵很值得玩味，对着它琢磨常常会有规律性的发现。地图上疏朗的地方是城乡接合部，那里集中了湖北、江西、淮北、皖南等各个地方的方言，铝合金门窗上贴着夸张的店名和卤菜名称，重型卡车、流动摊点会时不时地挤占道路的行车路面。流浪犬和烟头比砖缝里的杂草还要顽劣。居民办事场所往往是视觉感官最好的所在，各种功能室一应俱全，只是打牌、下棋、唱戏这些活动，新市民还没有习惯。地图上密密麻麻的地方是不言而喻的老城区。小区早餐店弥漫的水蒸气传递着浓郁的生活气息，街巷尽管宽宽窄窄，廊檐高低错落，但管理得井井有条。社区的活动场地尽管局促，但是居民每天定时在这里娱乐休闲，其乐融融。疏的地方抓软件，密的地方抓硬件。共性的问题交给条条，个性的问题交给块块。呵呵，原先的一地鸡毛在地图中就能看到眉目和头绪。

诗人说，人生没有地图。所幸，我的人生来路上，每逢关键时刻，地图总要显灵。地图，我的水晶球。

原载《福建文学》2022 年第 8 期

解　药

一

写下这个题目，自然就想到了武侠小说，尽管这不是小说主人翁苦苦寻觅的灵丹，但是，在这之前的三十年里我时常有负债在身的压抑。

那天晚上，随手从书橱里抽出《民族与文化》一书，在《中华民族之本质》一章中，一段文字让我好生惊喜："即如英国只有三个岛，英格兰与苏格兰及爱尔兰……"看过这段文字后我突然回过神来，马上呼吸急促地自言自语：这不就是我苦苦寻找的答案吗？

那年，我在家乡的那所学校带着一帮学生冲刺高考，离高考还有两个多月的时候，学生晓风有天问我："老师，英伦三岛是指哪三岛？"这个看似简单的问题却成了这些年月里郁积于心中的结……

为了证实钱穆先生这里列举出的"三岛"就是人们俗称的"英伦三岛"，我再到网上搜索，有关"三岛"的内容今天已然铺天盖地，说法林林总总。我找南通中学的历史老师从华，他发来的资料让我领悟到了问题的关键："英伦三岛"这个口语化的说法起源于我国明朝末年，其时我们这个东方大国与远在大西洋上的大不列颠国交流不多，对那片区域只有迷迷糊糊的认知，以为英格兰和苏格兰是不相连的两个岛屿。英是指英格兰，伦是指伦敦，英伦三岛其实指的就是那片区域。

这个意外的发现，让我有些亢奋，思绪穿越回到了那一段出入于校园的日子。

二

北京亚运会前夕，我颇有争议地跨进了那所重点中学的大门。据说，不够过硬的第一学历让我进入这所学校的过程颇费周章，所以，临近开学的一个滚烫的下午，我心怀忐忑地穿过两排高大的建筑，拎着一只土气的皮革拎包，走进位于校园最西北角的校长室，有些拘谨地将包里放着的油印《借调函》交到了清癯干练的校长手上……

接过盖着红戳的《借调函》，几个月前还借我在他们补习班上课的校长，大概对我已经没有印象了，曾是数学教师的他如同面对自己曾经卡过壳的代数题，只在题目的下面习惯性地写个“解”，然后就去解下一道了。他缄默地把我带到秘书跟前，然后就转身离开了。

校长的态度多少让我有些隐忧，按照当年教育系统人事管理的惯例，在这个学校能适应，一年后就正式调进，如果不行那就退回。所以，走进这个学校的教室是我一直心心念念的梦想，但是，此时我依然兴奋不起来，甚至走在校园里的脚步都不踏实，行走在号称“江北第一”的教学楼上，时常生出“局外人”的隔膜。遇到同办公室老师谈论诸如职工福利的话题，我就知趣地回避，等到工会组长告知也有我的一份儿时，顿然表现得感恩戴德。

从农村中学调进重点中学是领导的器重，从重点中学调出除了提拔，那就肯定是惩罚了，我总担心“达摩克利斯之剑”哪天会落到我的头上，那段时间里，我就好几次梦到自己被打回原来的学校。说实话，若只按照教学来确定去留，我还稍稍有点底气，偏偏学校规定刚来学校的年轻老师必须做班主任。班务工作成了年轻老师必须跨过的一道槛儿，老教师平时闲谈的话语里偶尔也会提到被调出老师的名字，这些被校方拒绝的名字后面无不串联着他们班上纷乱的故事。我是教地理的，在农村中学还担任过两三年的政教主任，似乎注定脱不了做文科班主任的干系。

三

横在我脚下的门槛实在是太高了。接手这个班级不久，我很快领略到同事戏称文科班为“瘟科班”的其中深意。高二分科时，进文科的除了少部分是真正对文科有兴趣的，多数都是理科学不进到文科来碰碰运气的。学校把高一年级六个班中班风最差的班级拆解组建文科班，其他五个班选文科的学生到这个班来，这个班上选理科的学生按对应人数置换到相应的班级。所以，这次分班对理科班来说如同做了一次“血透”，对文科班来说，跟每个理科班的交易无一不是亏本买卖。从学生的构成看，理科班的构成只有两股，而文科班则是六股甚至更多（因为从外校转来的学生多数也是上文科的），这样，文科班成了全校构成成分最为复杂的“杂烩班”。竖在校门边的《全校各班级日常导护记录》，让我每天一进校门就感受到来自那上面的羞辱，高二（2）班一栏里的数据总是传递着这个班级的纷乱和嘈杂。

与隔壁的高二（1）班相较，他们的班主任虽然也跟我同期从农村借调过来，但他是这个学校“老三届”的校友，一米八几的身高，不到五十岁，他的相貌和经历就是自带能量的威严和震慑。而我，身高不到一米七，鼻梁上还架着一副眼镜，一身的书生气让我在那帮淘气的学生前显得孱弱。那年是我的本命年，才工作了五年，也没有老本儿可吃。了解教育的人都知道，文科班从来都是阴盛阳衰，女生无论是学习还是自理能力总比男生强，而我们这个班更加明显，前十名当中女生起码占去八席。阳衰，当然不是说男生体格不行，恰恰相反，他们中的多数都是高大威猛、身强力壮，在调皮捣蛋方面倒是精力旺盛。他们的“衰”更重要的是体现在生活自理上，哪怕就是整理宿舍、叠被子、打扫卫生，被理科班的男生甩得老远，得分常常脱不了年级倒数的阴影。我意识到，管好这个班级的关键是男生，但是，我自身的当量表现出明显的先天不足。

内行的人都说，班级是班主任的影子，我的影子总是让我不堪。从我交上《借调函》的那一刻起，我就担心着被学校发回原地。现在，遇上这样一个乱糟糟、很难捏合的班级，总觉得校方在成心地腌臜我。

如果按照当时这个班级的状况看，一年后我只能灰灰溜溜地收拾包袱走人。我每天都在提心吊胆地过日子。

四

而学校方面在管理上体现出特有的刻板，让我在内的很多老师感受不到方便和温暖。

一次年级教师会上，几位老教师反映学生晚自修时间太短，建议延长时间。一个广受欢迎的建议被校长拿出的三十多年前部颁规定挡了回去。碰了这样的软钉子之后，教师们有的遵规行事不再自寻烦恼，有的从此缄默消极抵抗，也有的自行其是做做私底下的努力。但是，这三条路径对我都不适用，我在心里为学生焦虑，也为自己焦虑。邻县的兄弟学校佳音不断，仿佛好事总是绕开我们这个老迈的校园。

高三的最后一学期开学前夕，正是小城人家交年酒走亲戚的时候，新疆来借读的学生群花急性阑尾炎动了手术。她原本是依托嫡亲舅舅来老家读书的，不想舅舅家的表兄动了歪心思想占有她，来老家读书是要通过高考改变命运的，她自然不从，结果遇到周末和假期只能四处飘零，急性阑尾炎发作的时候她是住在同学吴怡家（学校的教工宿舍）。开学前的两三天都是在城同学和他们的母亲到医院照料的，我想开学后请学校安排护工照顾，向校长汇报请求他的支持，校长一本正经地开导我，组织班级同学开展学雷锋活动去照顾住院的同学。我觉得校长的方法也许是对的，他的教导如同在对一个烂醉如泥的人大讲饮酒有害健康一样，备战世界杯的运动员怎能停训去照顾受伤的队友呢？我担心一拨一拨的学生到医院不仅会影响班级的教学秩序，还会使原本不太自觉的学生变得心神不宁。我没有让学生停课，而是教爱人请假到医院照料，在城同学的母亲成为照料的主力，她们将可口的饭菜端到了群花的床头。

当时学校的校长和书记是分设的，校长是一把手，不少老师读不懂校长。我当时分析，校长是老师出身，哪有老师不希望自己的学生成才呢？他当然也是希望学生成才的。而且，校长还是一个十分热爱学校的人，我们很多青年教师都知道，无论什么时候，也无论什么场合见到他，他总是有板有眼地佩戴着红色校徽。年级教师会上，老师们向他提建议，他的心里怎么想的，无非就是提建议的方式和场合不对。现在，我遇到难题向他求援，这也许就是他十分棘手的，他本来就是个怕麻烦的人，既然这样，那就尽量不去麻烦他，但是，把学生带好教好，这肯定是他最想看到的结果。

五

我用理想激励学生奋发向上，用不计成本的付出换取他们的信任和尊重。

这个班级的首秀是四月份的预考，成绩到了学校后，上上下下自然都很兴奋。但是，作为班级的掌门人，我心里依然担忧，预考毕竟是一场预演，好的优势能否保持到最后才是最大的心结。这个班级是我在这所学校锻造的首批“成品”，也是我在这所学校站稳脚跟的磉墩，笑到最后才是最灿烂的，所以，我不敢有丝毫的麻痹。五十四名学生牵动着五十四个甚至更多的家庭。校领导自然也踮着脚尖等待着最后的结果，我清楚，他们太希望有一个好的成绩来为学校的“老牌子”做背书了。

高考毕竟是一场全方位长时间的竞赛。一段时间后，学习的低潮出现了。一张张打滑的试卷让老师们内心十分焦虑、憋闷……课间，我碰到教英语的吴老师，她说：“这两天有部分学生的状态不太好……”我知道，她所说的“状态不太好”其实就是反应不敏捷，我在地理课上也发现有类似的情况。教数学的黄老师课间跑到我的办公室：“班主任啊，最近有些伢儿好像不对劲呀，有点儿庸，不积极……”这个后来成为校长的老哥跟我说话总是带着轻松的口吻。再综合坐在同一个办公室的历史老师和政治老师的反映，我知道，学生的学习又出现了“高原现象”。

这是高考前绕不开的百慕大，是必须面对的考验，唯有闯过这个关隘才能收获丰收。那段时日龟兔赛跑的故事常常让我警戒，高考才是最后的终点线。内行人都明白，高考和预考的难度几近霄壤，加之预考之后还有三个月的复习时间，这阵子的麻木、松懈甚或蛮干都可能把冲刺演变成磨坊里的行走，最终成了让世人嗤笑的兔子。之前，我在普通中学教过五年高三，但是普通中学的学生与重点中学不同，他们的学习能力、知识基础不及重点中学的学生，考试分数一般也就在及格上下浮沉。预考之后教室里剩下不到二十个学生，复习如同带研究生，教师有足够的精力面对每一个学生对症下药，所以，各科成绩依然存在着一个显著的上升过程。我清楚，现在每个学生都是放在我面前的每一张考卷，不及时地给以正确引导让他们斩关夺隘地挑战高分，那就反证了当初对我的质疑是有先见之明的。

耳边仿佛听到了高考后的各种议论，“能带好普通中学的学生未必能带好重点中学的学生……”“当初我就觉得这个班的学生缺乏头悬梁锥刺股的苦读精神。”“班级是班主任的影子，班主任的功夫不够啊……”

《心理学》告诉我，学习忌讳无意识的重复。怎样才能避免无意识的重复呢？正是“困人天气日初长”的季节，这天气似乎也在考验我和我带的这班学生了。

六

产生危机的轨迹逐渐明晰，因为自满助长了懒散情绪，因为懒散滋生了思维的惰性，思维的惰性使这些原先天真活泼的少男少女学习效率下降了。

强大的团队是不惧危机的，怕的是无视危机的存在。我在班会课上讲岳飞的《论马》，“寡取易盈，好逞易穷，驽钝之材也”，让他们知道必须克服自满情绪。我再讲胡适之先生送给学生的“问题丹”，鼓励他们用提问凿开思维的僵局，启发他们多动脑多提问，从习以为常的知识当中找出疑点，让学习变得意趣无穷。也就在这次班会课上，我头脑一热竟然夸下海口：“只要你们提出问题，我都会给以满意解答。”

“风乍起，吹皱一池春水”，乌亮的眼睛开始忽闪起来，灵性的互动和交流悄悄地赶走了教室里的沉寂，五十多人的教室仿佛变成了春天里的荷塘，每一张稚嫩的脸就像春风漾开的荷叶，舒展而鲜亮。师生在教学相长中品咂教与学的默契。也就在这个时候，晓风问我，“英伦三岛”是哪三个岛？尽管我当时卡了壳，但是，学生思维的积极性已经被调动起来了。我仿佛看到每个学生的知识结构图都已经浑然一体了，虽然手法有高有低，但大小不同的果实都在灌浆成熟，我的职业荣耀感因此成了飞快上升的弧线。夏木阴阴，是谓天时；各方协同，是谓地利；师生共同努力，实为人和。

这期间，我当然没有放弃对“英伦三岛”的寻找。这个怪异的家伙仿佛在跟我躲猫猫，我问遍了可能解释的人，查阅了所能找到的资料，但依然不见踪影。我给学生的解药治愈了他们的疾患，却给自己带来了郁结于心的毛病，甚至解决无望。面对日益临近的高考，我只能向晓风坦陈，还没有找到答案，但是我告诉她："这个口语化的说法，高考当中肯定不会涉及，你就放心参加高考吧。"她如同吃了一颗定心丸，轻快地回答："好咪。"

那年高考，我们班的成绩改写了这所学校的历史，一双金花将县城所属的地级市文科类和外语类总分第一的成绩分别收入囊中，当年评先，学校给我工资晋级奖励，我成了这个县级市历史上唯一获此殊荣的青年教师。

从刚进校时的63公斤，到这届学生毕业时的52.5公斤，这就是我在这味解药上的投入。

那个初冬的雨

这个离他生活之地不远的小城，在城市化的浪潮里一步步地由小变大，一步步地挤进了城市行列。

公交车也是这样尾随着城市化的潮流开进了这个城市。当年在朝阳和晚霞里进出城市的农民工也开始住进城市的出租屋，不用在风里雨里蹬着自行车一路追赶时间。城市化，这个电视新闻里常常出现的字眼，正在悄悄地改变着人们的生活，生活，告别了往日的自足。

那个周日，他到这个小城参加几个朋友的约会，正值初冬时节，天空里飘着的细雨漫不经心，气温僵在零度以上一点，给人一种逃不出的阴冷围困。

因为离得近，他对这个小城是了然的，周末的饭点儿打车尤其困难，所以，他果断地选择了公交。在附近的公交站台上他对着站牌扫了一下，他要到达的丽宾饭店就在这条街上。没有很长的等待，201 路公交车来了。这样的便捷让他对城市化更加增添了一份认同和感动。

上车后，他才发现身上没有零钱，当年的公交车还没有微信和支付宝的支付功能。拿出一张 50 元的纸币跟车上的乘客兑换，车上有七八位乘客，对他的求助仿佛面对职业乞讨者一样漠视。此时的驾驶员正跟一名旅客不间断地聊天，因为没有投币，他就站在投币处等候，他想跟下一站上来的乘客兑钱，这是城市生活带给他的经验。

“你怎么办?”驾驶员冷冷地抛出一句，那口气好像一个债主在问一个好不容易才撞见的老赖。

“你是问我吗?”他立即意识到这个回答是多此一举，接着他说，“我在这里等后面上车的人，换一下钱。”

“如果换不成呢?”驾驶员的反应十分快捷，有种得理不饶人的感觉。

“先等吧，到点还有好几站呢！总有人上车，我再跟他们换。”因为有四五站的路，他坚信便钱是有机会的。

这是他在公交车上第一次遭遇驾驶员的冷血。他是个读书人，很少遇到这样的情形。在其他城市，驾驶员会很礼貌地教这样的乘客站在前门口，等收足了该找的零钱后再教乘客把大面额的纸币投入。

这位驾驶员不同，马上接口：“按规矩上车就要投币，不投币就要下去。”他觉得这个司机倒是不一般，刚才考虑到了换不成钱的可能性，现在又讲了“规矩”。他眼睛扫了一下整个车厢，车上竟然没有一位乘客出来打个圆场，刚才跟驾驶员聊天的那位乘客也没有开口，想来他也是认可驾驶员态度的。他只能再跟驾驶员交涉：“没有这个规矩吧?！其他城市都不是这样的！”“不行，先投币再上车！”驾驶员习惯性地将两只手在方向盘上上下摩挲，那情形似乎他的手上握的不是方向盘，而是真理。“那我还要下去呢?！”

他反诘。“是的！”驾驶员顺势已经把前门开了，这是逐客令。下车的时候，他的心情坏极了，转过头对着高高在上的驾驶员说：“我要投诉你。”

外面依然下着小雨，他此时感觉手脚冰凉。

他拨通了当地的12345政府热线，电话里传来录音提示，他知道如果按照提示按下去，最终还是回到原点，于是他果断地结束了这个游戏。

好不容易打通了当地运管所的投诉电话，接电话的女士问他公交车的车牌号，他告诉她后面的三位数。女士问：“前面的呢?!”

他说：“前面的数字记不清了。”女士说：“你要把前面的数字弄清楚。”他说：“有了后面的三位数不就行了吗?”“不行，我要记全的。”女士很任性。

这时，他已经坐上了出租车，出租车的驾驶员听了他们的对话也觉得电话里的女士过分：“201公交车怎么会有尾数相同的?这是瞎说！”

他对着电话说：“你们201公交车有多少辆?”女士说：“这，我不知道。但是，你既然要投诉就要把车牌号报全，否则我们不好受理！”他知道她就要挂电话了，赶紧说：“你把你的工号告诉我，这件事我要向××市长投诉。”迟疑了一会儿，女士好像很无奈：“那你怎么说我就怎么记喽。”

他进饭店包厢的时候，运管所的女士打来电话，跟他核实事件的发生时间。尽管他觉得她的电话明摆着是为了挽回点什么。

后来他知道了，这个城市的公交车都是承包给了企业的。所谓的运管所的监督电话其实也是承包企业的。经营公交的企业对公交车上出现的各种可能性预测不足，对驾驶员也没有进行充分的培训，负责监督的人员甚至还讳疾忌医，把最真实的反映当成了挑刺儿。

二十多年前，他感受过这个城市撤县建市的热烈和激情，后来，也都能感受到这个城市所做的城市化努力。甚至许多道路的名字都改得洋气、儒雅了，他从心眼里感到兴奋，这是社会的马不停蹄，这是对文明的追赶。有一次，他从这个城市中心的宣化路经过的时候，读着这个名字，他深感城市管理者的良苦用心。他自己还清楚地记得，第一次到上海，因为感冒的缘故，他习惯性地将鼻涕喷到人行道上，戴红袖套的大娘马上过来撕了一张罚单，他很惭愧，也憎恶自己这乡下人的习惯。

第二天离开宾馆的时候，街边的水果摊儿和公交车还像往常一样漫不经心地运行着，他依然觉得各种力量撕扯下的这个城市有着诸多的不协调，如同这初冬阴冷的天气，让人打不起精神。

科学的行者

一

老家旁边有条如黄公路，我对公路的最初印象就来自它，公路的这头是离我家不到三里路的县城，另一头就是邻县的黄桥，沙石路上东来西往的公共汽车卷着一长串的灰尘而去，我盯着汽车看直到看不见为止，心里老想着公路那头到底是个什么样子，我心里放不下的黄桥比我们如皋小还是大呢？那里也有电影院、香肉铺和洗澡堂子吗?!

读到小学三四年级的时候，语文书上的《黄桥烧饼》让我对黄桥更加好奇了，人家黄桥可是全国人民都知道的英雄之地呀！但是，黄桥是什么样子，就如同我没有见过面的爷爷奶奶一样无法猜想。

那天，我和妻子终于走进了这个惦念数十年之久的江边小镇。

按照百度地图指引来到黄桥战役纪念馆，纪念馆的牌子挂在大门的左侧，大门右侧，挂了一个“丁文江故居”的牌子，丁文江，莫非是我国现代地质学的奠基者丁文江？我不敢妄猜，不过走进门厅，展览真切地肯定了我刚才的猜测。兴奋，激动，我赶紧让妻子拍了一张照片，照片上，我面朝大师，仰视着这位上唇留着燕翅状胡须的科学巨匠，发一条微信：“邂逅地质学开山大师丁文江。”

看完展览，我很汗颜，跟绝大多数国人一样，对大师的了解其实是相当有限的，当年在大学里地理学思想史倒是系主任亲自授课的，但是后来研究得很少，不，其实就是没有研究，所谓的知识也就是当时魏主任上课讲授的那么一丁点儿。这怎么能不愧对祖师爷呢。

二

回来之后，恶补了一阵，现在看来，丁文江对现代地质学的学科建设确实做出了巨大贡献，说他是开山祖师其实一点不过。1913年，他到北京任工商部地质科科长，就在这时，他与南通的张謇先生有过交集。别看这仅仅是个科长，其实，他就是地质方面的最高行政官员了。就任不久，他发现在这个衙门里没有事情可做，想做，也动不起手来，全国各地也就屈指可数的几个懂得地质学的人才，所以，他果敢建议将工商部附设的地质研究所改为教学机构培养地质人才，同时建议将地质科改为地质调查所作为工作机构。猜得出，他当时就倡导进行了机构改革。现在分析，他提出这个建议其实风险也很大，地质学在当时还是一门新兴学科，所以，此时丁文江要把地质研究所改为教学机构，把地质调查所改为工作机构其难度是相当大的，研究所除了招生困难之外，经费也因为财政紧张而落空，丁文江在张轶欧等人的支持下首先解决了经费问题。然后通过各种关系向北京大学原地质门借用解决了校舍、图书和标本问题……开学时，到研究所报到就读的居然有二十二名之多，这在当时算得上是爆满了，当时的老师有：丁文江、章鸿钊、翁文灏、葛利普、梭尔格……这些都是在中国地质史做出过卓越贡献的人，前面的三位是公认的中国现代地质学的开山鼻祖。

我的大学本科读的是地理，南京的幕府山、阳山、汤山我们几乎都走遍了，我们还在江西的庐山，苏州的洞庭山进行过野外实习。当时，其他系的同学羡慕地称地理系是游山玩水系，其实，这样的实习活动让我们开阔了视野，掌握了实际操作的技能。原来，我们走南闯北，这些都是丁文江的功劳呀。当年在地质研究所的教学过程中，丁文江一改以往国内地质教学不重视野外考察的沉疴，把野外考察列为主科，要求教师每周都必须带学生到野外进行实地考察。每次考察中，他密切注意学生如何观察绘图和采集标本等，着力培养学生的实际考察能力。1916 年，二十二名学生中十八名学生毕业，全部安排到全国各个区域开展地质调查工作，不久有几位学生还被他推荐到世界著名学府留学，这就是后来中国地质学界俗称的“十八罗汉”。后来大学地质系和地理系的教学都沿袭了这个传统，教学不再单纯面对课本和挂图，神奇的大自然成了真正的教科书和课堂。什么岩浆岩，什么沉积岩，什么风化，什么背斜成谷，我们这些平原地区的学生在与大山一次次的接触之后才有了真切的感受，后来，站在讲台上，我们的讲解才有了足够的自信。

他的另一项具有奠基意义的工作就是主持测绘、编辑了《中华民国新地图》，被当时舆论称为“中国图学界一部空前未有的巨著”，欧美地理学界称这本地图为“丁氏地图”。

三

细数他在学界的贡献，也许读者会认为他很清高吧？恰恰相反，与中国传统的知识分子相比，丁文江的身上又有着十分显见的“另类”个性。

他始终坚持“出山要比在山清”，1921 年 5 月前后，他做出了让一般人不敢相信的举动，毅然辞去地质调查所所长职务，出任北票煤矿总经理。这一次，他真的“出山”了。很多人都认为他做出这样大胆的选择是因为要支付四弟丁文渊赴德留学的学费，但我觉得，这只是其中的一个原因，因为他本来就是一个重视实践的人，他要做一个行者，在煤矿他是将自己的知识充分地运用到实践中。事实上，他一天都没有离开地质研究领域，直到 1925 年底，这个煤矿的产量提高到他接手之前的二十倍。后来，他受孙传芳的邀请担任过淞沪商埠督办公署全权总办（相当于上海市市长），也说明他身上不一般的特质。担任总办尽管只有八个月，但他积极推行“大上海”计划，在外国租界范围之外的华人管辖区，实行了卫生、建设、税收、教育、治安等方面的统一规划和管理。

他极力主张知识分子要强身健体。1935 年，他在《现在中国的中年与青年》一文中写道：“三十年前受教育的青年都是在旧式私塾里读书的。不特一切新式运动没有梦见，而且受了‘规行矩步’的影响，终身不肯劳力，因此‘书生’变这全国最‘文弱’的阶级。”“我十六岁以前没有步行到三里以上，学地质的时候才努力学了走路。”难怪我们当年高考时，只知道报考地质系的考生，身体素质的要求是仅次于体育系的，一位同学的哥哥当年就是先考体育，后来练就了一副好的身板高考分数也高，结果就录取了一所名牌大学地质系。

丁文江摒弃了“文人相轻”的积弊。1914 年，他先向北洋政府提议，聘请了瑞典地质学家安特生任农商部矿政顾问。安特生到了农商部后，没能派上用场，后来，丁文江让他到地质调查所工作。就是这个安特生从 1918 年开始，和奥地利古生物学家师丹斯基一起先后多次到北京周口店考察，发现了大量有价值的化石。凭着一个地质学家的直觉和独特敏感，安特生对师丹斯基说：“我有一种预感，我们祖先的遗骸就躺在这里。”果然，安特生后来在堆积物中发现了两枚牙齿，并在系统研究考古学之后推翻了师丹斯基的判断，确认这两颗牙齿就是人类的牙齿，由此掀开了北京猿人考古发现的大幕。可以肯定地判断，如果没有丁文江的力荐，如果没有地质调查所，就不会有安特生的重大发现，那样，北京猿人的发现不知要推迟多少年呢。

四

有一年暑假，我与一位历史学博士聊起丁文江，他马上就说到丁文江在“科玄论战”中的作用。

1923 年 2 月 14 日张君劢在清华大学发表了题为《人生观》的讲演，并将这篇文章发表于《清华周刊》，反对西方的物质文明，推崇“新宋学”。丁文江看到了这篇文章后，觉得宋代玄学已经遭到了清代经验主义的鄙薄，如果让其复活，中国社会将会陷入完全脱离科学进步的危险。一个多月后的 4 月 12 日，丁文江的《玄学与科学——评张君劢的“人生观”》发表于《努力周报》第 48、

49 期上，通过正面阐释科学方法展开反驳，多方面论证人生观不能同科学分家，主张科学万能，可以支配人生观。在今天看来，科学与人生观其实是指向性不同的两个概念，两派的论战没有绝对的胜利者。但是，科玄论战将传统哲学的话题以现代的形式充分地表现出来，开启了现代中国哲学的思路，成为 20 世纪中国思想史上的一次重要的论战，在中国哲学史上具有承上启下的作用。

当我写到这里的时候，我的脑子里仿佛浮现出一个画面，当年在中国这块古老封闭的土地上，丁文江正骑着一匹骏马左冲右突，希望尽快找到一条将科学技术转化成显性成果的途径。他将科学看作是一种广泛的思想态度和生活理念，并以此作为判断世界观、价值观和思维方法正确与否的试剂。他说："凡是事实都可以用科学方法研究，都可以变作科学。""无论遇见什么论断，什么主义。第一句话是：'拿证据来！'"即使在生活当中也体现了他对科学的顶礼膜拜。这里讲个小故事，他患有脚气，西医告诉他赤脚疗效最好，他从此就穿多孔的皮鞋，在家常赤脚，到熟悉的朋友家中常常脱掉袜子，自称"赤脚大仙"。他有二十年的烟龄，手不离雪茄，但有一次他的左脚拇指发麻，医生建议他戒烟，他马上戒了。不管多忙，他每天都要保证八小时的睡眠。

在丁文江故居的展览中看到了他在较早时候立下的遗嘱，这是我很好奇的事情。按理说，一个风华正茂的人其实是不愿，也不会考虑到关于死的话题的，更有多少英雄豪杰因为恋生求仙拜佛、装神弄鬼搞出许多笑话，他怎么会在那么年纪轻轻的时候写下遗嘱呢？原来，他从家族长辈们寿命不长的规律中预感自己不会长寿，足见他对科学规律的尊重和对生命的坦然。蒋廷黻评价他"在君（丁文江，字在君）不但在研究地质地理的时候务求合乎科学的方法，就是讨论政治经济的时候，或批评当代人物的时候，或是在起居饮食上，他也力求维持科学的态度。”

五

在地质地理界，丁文江论地位、论学识、论资历都是公认的，但是，他并不孤傲，在学界也很有人缘，是公认的学界大哥。

丁文江在出国之前曾经跟他的哥哥说过“不有居者，谁侍庭帏，不有行者，谁圆国事，家与国，尔我当分任之。”

在主管上海事务期间，他顺应五卅运动中民众的要求，经过反复的斗智斗勇，最终收回了公共租界的会审公廨，结束了外国人在上海享有的司法特权。在杨杏佛遇害后，他不负众望出任中央研究院总干事。美国学者夏绿蒂·弗思在《丁文江——科学与中国新文化》一书中称丁文江是“中国的赫胥黎”，对他在新文化运动中的历史作用是这样评价的：“科学家作为文化的政治的领袖——在中国的历史经验中是前无古人的。”罗素称他是：“我在中国遇到的最有才能的中国人。”

罗素的评价其实是恰如其分的。当年，没有遇见过丁文江的傅斯年在法国留学时曾三次对胡适说，回国后第一件事就是杀了丁文江，傅斯年与丁文江素无瓜葛，他们之间怎么会有如此的深仇大恨呢?！其实，根本的原因还是丁文江的能力太强，而当时正在上海任职，傅斯年认为这样的人才是不能效力于军阀的。当然，丁文江做上海总办其实有自己独特的考量。等到傅斯年真正接触了丁文江之后，他们成了真正的好友，傅斯年在他逝世之后是这样评价他的：“我以为在君确是新时代最良善最有用的中国人之代表；他是欧化中国过程中产生的最高的菁华；他是用科学知识做燃料的大马力机器；他是抹杀主观，为学术为社会为国家服务者，为公众之进步及幸福服务者。”

关于丁文江的贡献，很多人喜欢将他和李四光、翁文灏做比较，我以为，一个国家在一个领域要想取得重大的成就，仅仅靠一个人的孤军奋战那是很难实现的。而作为当时地质学领域的领导者和策划者，丁文江在地质学方面的贡献自不待言。而他在我国科学发展中的贡献，我以为除了论战更重要的是人才培养和引进方面的杰出贡献。

他是一位终身信仰科学的人，他不仅是科学的言者，更是科学的行者。

2017 年，我的角儿

今天是 2017 年的最后一天，朋友圈里时不时地蹦闪出朋友们一张张 18 岁的照片，看到这些既熟悉又陌生的面孔，如同见到了五年级用过的书包。18 岁，是我上大学的第二年，那时的我一头浓密的头发，茂密繁盛；18 岁，那时的远方是多么瑰丽浪漫让我心驰神往；18 岁，我的眼睛里充盈着对未来的遐想……快到人生的第三个 18 岁了，我不忍吃力地钩沉那个遥远的年月，还是对即将告别的一年来个重逢吧。

两　栖　类

我们这个伸进长江和黄海之间的江海平原，轮廓如同鳄鱼的上颚以上的部分，脑壳部分就是全域的北缘，如果从高空俯视，那就是从西北向东南铺展的一块美轮美奂的地毯。我寄生的这个城市偎依在长江岸边，从这座城市一路向北 60 公里就是老家所在的城乡接合部的村庄。

每周的工作日里，我在城市里工作、生活，周末回到老家。尽管老家位于城乡接合部，但是，那里的人们依然早睡早起，日出而作日落而息，到附近的超市买菜，什么便宜买什么。我早饭前去买烧饼，母亲总说我大手大脚瞎花钱，有时甚至抢在我起床之前在厨房里摊好摊饼，还要唠叨着她的那本账。老家的朋友看到我回去常常喊我吃饭，餐桌上，装得满碗满盆的都是大鱼大肉，从小养成的口味就在这个时候被唤醒，这两天成了我开戒的日子，我又回到过去。我的这个年龄已经到了心血管疾病的门槛边，我的父亲也就是50多岁发现了高血压症状，于是，这两天的放肆，让我对即将尾随而来的心血管疾病“不寒而栗”，常常在回到城市的五个工作日里刻意地吃出寡淡来。

老家的生活，给我的另一个馈赠就是说话必须调整频道。我工作的城市跟一般的地级市不一样，一般地级市的方言都是差不多的，特别是北方的城市，我们这个城市的方言十分复杂，彼此之间泾渭分明，所以，办公室里的语言必须是普通话。曾经有人讲过一个故事，当年市委办公室的秘书们旁听常委会做记录，一般都要有“三方代表”，说启海方言的领导讲话了，其他两方秘书是基本听不懂的，只能由那一方代表记录。说北方方言的领导讲话，说启海方言的秘书也是如听天书，市区及周边地区则是全国覆盖面积很小的方言岛。所以，在本省的这些地级市里，即使是流动人口很少的那个年代，我们这个城市的普通话就是我的城市的“官话”。在市区我必须讲普通话，回到老家，跟亲人、老朋友一起当然要说家乡的方言。因为这频繁的调整，所以，程序难免出错，有时，一句话刚刚说出去，说第二句话的时候，发现了场合不对，再匆忙变换，不知道听话的对象是怎么想的，呵呵。

有一次，几个朋友相聚，市区的人说我的这个普通话老家的口音很重，我说："这是'5+2'生活烙下的两栖类特征，就当串串烧吧。"

长 臂 猿

今年四月份，我单位的掌门人换了，我分管的一位处长刚刚被省里借走，我成了名副其实的顶梁柱。于是，我这承上启下的角色既要腿勤也要手长，如同排球场上的"二传手"，既要给主攻手送上恰到好处的"好球"，更要把一传不到位造成的"短缺"化险为夷，我的活动半径需要超常地放大，手伸长腿放快，以前是一句话就能解决的事情，现在必须反复交代，否则，掌门不理解，拍板不在时点，不在位置，最后是大家都受害。所以，我越发对一个团队的深刻意义有了切身体会，也越发知道自己就是这个团队里不可或缺的一部分。小时候看许多蚂蚁抬一只虫子的尸体，每个蚂蚁都很出力，这是它们的饭碗呀。老家人说找工作就是找饭碗，其实，共同的工作就是共同的饭碗。

我清楚，这种状况其实是自己造成的。年初，上级向我们借人，设置的条件，大家一听就知晓领导的指向了，当然要服从上级的安排，其时的大当家与我"约法三章"，要我多做"客串"。后来不久，大当家易人，新老交替的关键时刻，配合做好工作这是理所应当的事。我想起当年一个地方选拔领导干部时的一个考题，要求解释"副"的字义，冲着这个职位考试的人，多数没答上。关于"副"，《现代汉语词典》的解释是：属性词。居第二位的；辅助的（跟"正""主"相对）……古人真是厉害。

仔细想想这一年来的情况，我就是这个"副"角儿，只是在这个特殊的阶段如同长臂猿一般，把手臂加长了一点，做了一点补台的事，也为自己的“言而有信”做了投入。

园　丁

文学是我的后花园，到后花园里侍弄如同每天的洗漱一样不可或缺。多年来，我写的一些散文都是原生态地散落在稿纸、夹子、U 盘和剪贴本上。尽管从上一年就启动了对这些文章的搜寻，但实质性的推进其实还是在今年。一年来，我成了故纸堆里的地质勘探队员，搜索着散落在各个空间和时间段里的“宝贝”，常常挖空心思地进行检索。有时，偶然发现了一篇文章，如同遇到了睽违已久的朋友，把它贴到脸上亲吻。找文章有惊喜，也有遗憾，当年的文章有的是复写的，有的尽管是电脑打印的，但是，当年是 909 系统、286 系统，面对放在眼前的磁盘，如同老鼠啃鸡蛋一样无奈。有一篇题为《儿子与小鸡》的文章，内容是写年纪尚幼的儿子一人在家为一只小鸡洗澡，然后用电吹风为小鸡吹干乳毛……我当时剪下来夹在一个本子里，但是就在结集之前怎么也找不着了。还有《方便面这“面”镜子》一文，记得当年浙江一报纸汇来了稿费，我也自认为留了复写稿不会丢失，但最终如同走失的孩子一样，留给了我永远的念想。还有一篇写当年丢失雅马哈时那段感受的，我翻遍了可能存放的地方，但自始至终它都没能和其他结集的文字团聚在“同一个大家庭”里。

当然，在这本集子的妊娠期里，更多的还是来自方方面面的温暖。责任编辑廖老师在国庆期间坚持帮我多校了一稿，使这本书的错误率降到了我们预期的程度；江苏省特级教师、教授学东帮我琢磨了一个跟我有着奇缘的书名，只因我觉得自己道行尚欠，没敢贸然使用；市作协的成剑主席、作家子和先生为我出谋划策，给了我很多坚实的支持；还有我的很多学生怕我出书负担重了，提前向我订购这本集子……现在，尽管是数九寒天，但每每想起这些暖心的言行，依然感觉到那份温情和惬意。

散文集《月下行吟》问世之后，作家伯文先生率先写了书评《遇见，是一种美好》，他认为该书是“我们这个江海大地上一部浓缩的历史剧”，尽管有拔高的嫌疑，但是，“物资匮乏年代，苏中大地人民的挣扎，不向命运低头的铮铮风骨”，那倒是我想表达的情感指向。伯文先生说：“从序言到后记，一字不落读完。”我相信，但更感动！接着，我的学生、作家红辣子在得到书后第十天就将书评《像阳光一样澄明》在微信公众号里推出，她以女性作家特有的细腻，明察秋毫地发现了书中的那些“小技巧”并展现出来。读了她的书评，我觉得要向这位高足多学习，幸好，古代的教育家们早就说过“教学相长”。接着《南通日报》在读书栏目刊出她的这篇书评，于是，我的这本处女作在我们这个小群体里形成了一个小小的热点。

我过去的同学、学生，还有很多朋友，通过各种渠道购书、评书、读书，为我捧场、点赞。当初担心的冷遇终因“众人拾柴”没有降临到我的头上，否则，这个寒冷的冬天，还不知会冻僵在哪个荒野呢。《月下行吟》是对过去文学创作的一段小结，书面世之后，能有这般际遇，也是社会对我的一份最真实的抚慰吧，所以，我要感谢我们这个社会，让我这个文学园地里的园丁生活得有温度。

编　外

如果说，《月下行吟》是我的文学之树上结出的第一批果实的话，那么，世俗生活中一个多年的困惑也在这一年找到了答案。

几年前，我与邻近某市的一位朋友沟通，我们当时都在新闻处工作，彼此也很投缘，后来我们都离开了各自的岗位。有一次我们联系的时候，十分融洽，彼此都为分开之后的相遇而兴奋、感怀。我们当时相约要常联系。不过，隔了一两年之后再联系，对方回短信："这个号码不是××的啦，再见。"我不敢相信，找出当年全省系统内的电话号码簿，我发短信的号码分明对应着他的姓名，没错！不过自我安慰：可能是电话号码簿印好之后他刚好换了号码。但是，通过另外的渠道得知他的电话没变，我只能自责：当时可能什么事情、什么地方做得不好，得罪了这位朋友……他和我是当年一条线工作的同事，彼此还算投缘，当年我到他们市去开会，他陪好大队客人后，单独赶到我的身边陪我聊天至凌晨。后来我参加省里的会议，看到会议手册上有他的名字（因为我是临时代会，册上没有我的名字），所以，我赶紧打他电话，他没接，再发短信自报家门，依然没有回应。我的心如霜打蔫儿了一般，百思不得其解。从感情上分析，当年相处得那么默契，每到新年来临或在重要的时间节点，我们都要互道平安、互相沟通，工作岗位上才有了点小小的距离不至于就不理当年的弟兄吧。从世俗的角度看，还在同一个系统，还是同一个级别……我很茫然。我们老家有句俗语："东家不借宿，西边一千家。"我只能这样安慰自己。

一个月前，楼下的一位朋友找我，说他在我们市里的电话通讯录里找了半天没有找到我的联系电话。我这时想起了我跟一个部门副职的一次工作交流，我打电话给这位同僚，在通报了姓名之后，他的态度还算正常，他答复："我先来了解一下情况，马上给你回头。""回头"在我们老家的方言里是"答复"的意思，但是，在我第二次打电话之前，他一直没有给我"回头"。我猜想，他本想跟我联系的，但是，他跟我不熟，在电话通讯录上又没有能找到我的名字。于是，他觉得我这个人不懂规矩，僭越了，当然就不给我"回头"了。

电话号码簿是一张集体名片，是一个工作的圈子，在这个工作圈子里大家彼此了解，即使是不大熟悉的人，也能实现无障碍交流，如同这些簿子的扉页上都有一个近乎摆设的"说明"："只作为工作交流之用，不作为其他任何证明材料。"不过，有了这个本子工作交流实在方便，我在新闻处工作的时候，一个半天能打数十个电话，靠的就是这个本子。现在，我也终于明白了省内那两位朋友一直不搭理我的缘由了。本系统的通讯录里一直没有我的名字，从正常的逻辑分析，我这个人已经离开了这个系统，然后，我还觍着脸联系他们，在他们看来，我这个人是不够光鲜的，甚至怀疑我有行骗之嫌了。

我想起了第一次发现错误后，这位经办人态度倒也十分诚恳，蹬在我的桌子前缘近乎哀求，教我不要计较他的过错。他知道，如果这种事情捅到领导那里，轻则被骂，重则如何，我也说不准了。既然他如此诚恳道歉，我自然原谅了他。但后来一而再再而三地犯错就让人无法理解了，至于还拿出后造的材料嫁祸于人，就觉得不可理喻或者说不可救药了……现在，我终于对这类人有了一个客观的认知，这是一类把"听见"当作"听懂"的人，我们老家对这种人有个精辟的名词叫“张口是”，你跟他说什么话，他不停地答应“是、是、是……”，但是，假如你反过来问他我刚才说什么了，他一句话都未必能复述周全。突然想起当年我在读高中的时候，有个同学坐在教室最后，看不见前面的黑板，上课就一直抄同桌的听课笔记，同桌有次故意逗他，在笔记本上写了个：“哈哈，你抄错了。”他当然也一字不落地抄下来了。这成了我们班的经典笑话。粗心的人，对自己来说可能是豁达，吃得香睡得香无忧无虑。

冤 大 头

这最后几天是比较揪心的，儿子受借贷公司的忽悠，背着我和他妈在这家借贷公司以 P2P（点对点网络借款）的形式借了几万块钱，当场扣了借款总额的 19%算作管理费，8%的年息和本金逐月从信用卡上扣取。年底的时候，儿子在将月还款额放进信用卡几天后见借贷公司未扣，就自作聪明地把钱支出了，卡上空了的第二天，借贷公司将他抵押的汽车悄悄开走。得悉后，在银行工作的妻子与借贷公司沟通，借贷公司仿佛成了钢铁公司，工作人员的态度生铁般生冷。我们想向管理部门求援，但没有一家承认该管这事儿。

9 月份借了 9 万块钱，前两个月都正常扣款了，第三个月，因为前面说到的插曲，借贷公司立马开出罚单，罚款 3 万元。我们叫儿子把借款的合同给我们看，儿子告知：没有。找到借贷公司，他们答复：“合同还在总部审批，我们可以将电子稿给你们。”接到电子文本，手机上全是小得可怜的芝麻点子，就是这样的电子版，还残缺不全，面对这样的合同，即便孙悟空现身也只能望“字”兴叹。我感觉这就是个《慕尼黑协定》，公司没有审批，但罚款必须执行，对方要合同，只有无法阅读的电子文本。既然一方当事人还没有拿到合同，这又怎么叫生效合同呢？但是，我的这些话今天只能振振有词地写在纸上，如果当时说这话，人家经办人肯定说："那你们到我们总公司去吧。"

儿子在这件事上受到的触动定然不小，那天他回到原来停车位，没有看到自己的爱车，惊吓自不待言。后来判断是借贷公司把车子开走了，心里立马成了一团雾水，因为在此之前，我们一再提醒他资金上要小心陷阱，当时他不以为然，觉得我们少见多怪，结果，真的掉进陷阱了，他连呼救的力气都没了。

长期在银行工作的妻子跟借贷公司沟通，想提前还清，借贷公司没有丝毫松动："不好提前还款。车子可以提前取走，但要给我们两千元的诉讼费，让我们对你儿子起诉。"告诉我这话的时候，我费了很大的力气才听了个似懂非懂。

借贷公司的经办人说了，明天他另外有事，这事要等到元旦后处理。马上就要告别2017年了，我想，在这一个多小时的时间里，这件事是不会有什么奇迹出现了。看来，这个"冤大头"的帽子我是让不掉了。

看到"角儿"这个词，读者都会想到演员，但，我的这些角儿都是本色担纲。

袖有青蛇

与书法家谔接触多了，总觉得他的身上有很多不相谐。

除了他憨厚的表情与硬挺挺的头发之外，在艺术表达上的抵牾也是显见的。他的书法理论专著一本接一本地走到我的案头，一件件的书法、篆刻佳作频频亮相，这是我感觉到的他在书法艺术上的“专”。同时，他在绘画、散文、诗歌、文学评论方面也有很多不俗作品在报刊露脸，似乎很难用一个专家的头衔对他进行概括，他的涉猎其实很“杂”。他的书法作品一点一画、一招一式都“师出有名”，书法理论也同样深植于中华文化这片沃土，这是他的“同”，然而，他不拘一格、背离陈规的艺术坚持，不遮不掩的批判式思维，仿佛浑身散发着离经叛道的“异”味……这一“专”一“杂”、一“同”一“异”，让人无法想象这诸多矛盾在他的身上是怎样完成了统一。

书艺倜傥

尽管谔涉猎的艺术门类很多，但其中他最在意、最上心的，当然还是书法中的狂草，狂草是最能代表其艺术水准的。有一次，在他的个人书画篆刻展上，我看到了很多他的得意作品，有一幅大概是丈二的条屏，内容是一首边塞诗，不必看诗文，就能感受到一夜里大漠风云的时间流变。我感觉，他是将自己的感情与诗情缱绻一段时日之后才挥毫写成的。所以，在他的“侧”“勒”“努”“趯”里，自然融进了“轮台九月风夜吼，一川碎石大如斗”的劲狂和苍茫。也是在这次书画展上，我看到他书写的六尺对开横幅，内容是杜甫诗：“两个黄鹂鸣翠柳，一行白鹭上青天。窗含西岭千秋雪，门泊东吴万里船。”第一句稳妥、安静、收敛，仿佛潺潺山溪跳荡而来，清丽婉转；第二句，豁然开朗，别有洞天；写到第三句时，如同一首交响乐进入了高潮，雷霆万钧，惊蛇走虺。我仿佛看到，案前的他，手中握着的不是毛笔，分明就是将军手中的剑，呼风唤雨，所向披靡。这幅作品的布局也是很多行家十分推崇的，“一行”两字用中锋完成，笔意干枯“霸占”一列，与右侧墨色深沉的“两个黄鹂鸣翠柳”形成明暗照应，跟左侧“白鹭上青天”的飘逸相互配合，这里仿佛成了整座大山里的一挂飞动瀑布。与他的很多大草作品一样，我以为，他的作品就像一座苍莽的大山：有的地方空灵如椰树，一柱擎天，但与此相对应的便是繁密如麻，郁郁葱葱；有的地方静谧舒缓，溪水潺潺；有的地方遒劲刚健，放浪恣肆……所以，每每面对他的作品，就如同嚼槟榔一样稍稍停顿就会进入微醺的状态。难怪著名书法家孙晓云提醒他：“杨谔，你记住，你所有的才华都在草书上！”

我在《书法自由谈》一书中反复欣赏了他创作的五条屏《蜀道难》，五个条屏，每一屏都是十分难得的精品。但比较而言，我对“之五”尤其欣赏，“锦城虽云乐，不如早还家”，其中的“锦”

字笔画瘦而柔媚，状如轻缣素练，“金”旁几乎占去左侧“於”字的小半空间。书法作品历来强调燥润相生，他在这里恰到好处地玩了一遍，“锦”的燥与下面的“城”“虽”二字的润形成对应。时而涛浪排空，气势磅礴；时而小弦切切，如泣如诉。看他作品中的一些线条，有时，我会不自觉地联想到从混凝土里重见天日的一堆钢筋，是炼狱涅槃后的横空出世，既有法度又常常突破法度。特别有趣的是，他的作品中，总时不时地露出一些拙笔，仿佛影星巩俐莞尔一笑露出的那颗虎牙……粉画大师杭鸣时在 2012 年参观了他的书画篆刻展后，竟然用“大气，精彩!”概括了他的作品。

我想起了我的朋友曾请谔写一幅字，当时朋友说的内容是《五柳先生传》中的一句：“云无心以出岫，鸟倦飞而知还。”这两句诗所表达的意境与谔狂放不羁的书风其实是不搭的，我不愿让他为难，所以，一个月之后，我跟朋友谎称那两句话被我不小心删了，请他重发一次。所幸，朋友将上次酒后发给我的诗句完全忘了，重发了一副对联。

在《磨刀不误砍柴工》一文中，谔讲述为画家康戎刻印的一段经历。首先是“接单”后半月一直未刻，又过了半月，他依然没刻，不是他懒，他是在寻觅合适的内容。后来，他想到康老师擅画花卉，画成后挂在画室，所以，他的画室里常常竹影婆娑、花香醉人，他突然感觉唐代贯休和尚的诗句“满堂花醉三千客”作为内容最为合适，于是操刀刻印。治印的过程一波三折，初成之后，他凝视良久并做细微的补刀，画龙点睛……他很满意了，于是，将这份喜悦立即与康老师分享。这是一个神来之笔，这是自己心爱的作品，有些依依不舍，所以，跟康老师说定留“养”几天。不过，等到第二天早晨，他觉得“（印的）节奏平缓与印文之豪气相差甚远”，于是，磨平重刻。我在《江海晚报》上看到这方印时，“千”的长竖做斜笔处理，一直下挂到“客”的左肩，“客”字的一捺做微曲的长线，伸至“三”字左下部，形成补充，“醉”字的最后一竖醉意尽显，仿佛铁拐李斜倚的拐杖。

他的作品，无论是书法，还是篆刻，总是氤氲着缕缕“仙气”，一种全身通泰的顺溜感。“外师造化，中得心源”，他的书法之所以能达到今天的高度，一个重要的原因就是他通达的理论认知。

论著不断

谔有很多书法理论专著，我拜读的第一部专著是《书法自由谈》（苏州大学出版社出版），《书法自由谈》出来之后，谔较早地赠我一本，看到这个书名，我立即想到《文学自由谈》杂志，那是一本厚重、大气的杂志。这样一联想我便觉得他用的这个书名有些随意和大胆，私下里觉得谔的定力还不够用“自由谈”的书名，我甚至猜想，他出书大概是因为有家印刷厂在手上比较方便……因为这样的想法，这本书在我书橱里被冷落了数月。一天中午午休前，我翻开了他的自序，读着读着，就感觉自己当时的猜想有点荒谬，等到后来读完此书时，便觉得自己当初的猜想亵渎了谔。不客气地说，把这本书作为书法理论书来读如同用宣纸擦嘴。

这本书中有书法技法的感悟，也有他自己追求书法的一路际遇和心灵感受，更有对中国书法文化的探索。而尤其吸引我令我不肯辍读的是关于书法文化方面的文章。

《苏东坡的谪惠之旅》是这本书里成文最迟的一篇，此文中，他以《洞庭春色赋》《中山松醪赋》两件作品为重点，结合成文时的境遇，对苏东坡的书法艺术进行了深入分析——

> 从书迹上看，《洞庭春色赋》的最后部分，笔势翩翩，颇有众仙纷纷而来的意境之美。《中山松醪赋》，起手端庄不苟，继之沉郁，再继之飞动奋起，再继之以静重写怨，更见痛之深之沉。最后的跋语，顺势而下，与前面相接无缝，一气呵成。东坡生性浪漫，情感世界又极为敏感丰富，但其书作却大多似不动声色，稳重端庄，细细玩味，则韵味远在点画之外，愈味愈觉其情之浓其意之醇，愈觉其意象之丰茂而多变。此种美感，亦凡亦仙，又如美食，只觉回味无穷，却不能尽言。

接着，他从苏东坡对吴道子和王维两位大家画作的评价中分析得出苏东坡的书法观。《凤翔八观·王维吴道子画》中是这样阐述的："吴生虽妙绝，犹以画工论。摩诘得之于象外，有如仙翮谢笼樊。吾观二子皆神俊，又于维也敛衽无间言。"这样，他得出，在苏东坡的心里，吴道子的画"出新意于法度之中，寄妙理于豪放之外"，但仍有"匠气"，而王维的画有象外之韵，富含诗意，由此得出苏东坡书法上的好恶。

春节，是个浸润着浓情酒意的喜庆节日，当许多人在酒席上推杯换盏的时候，此刻的书法家谔却在奇峰耸峙的书法天地里觅幽探宗、恣意吐纳，北大艺术培训中心带回的珍贵资料，大家教授们的精彩授课，此时让他拥有了充分的满足感受，结合自己书法研习的体会，最终兑换成了13000字的论文《书法与禅》。这是20世纪90年代的第二年，也是他书法追梦历程中的一个里程碑。

这里，我选择此文中的一段表达，让读者感受一下逻辑的严密和文字的张力——

书法是一门抽象的艺术，然而它的线条、旋律、形体中蕴含着全部的意与内容，包含着非语言、非概念、非思辨、非符号所能传达、说明、替代、穷尽的某种情感的、观念的、意识和无意识的意味，这“意味”经常是那样朦胧而丰富，宽广而不确定，因此，书法被称作真正美学意义上的“有意味的形式”。

再看一段——

禅宗是融入了中国道家、儒家的传统学术内容的纯粹的中国士大夫的佛教；书法则是依靠运动的线条在有意无意之间，表现作者内心秩序，创造独特意味的艺术。他们在本质上有着许多共同点，如“随心所欲”“超逸”等。“禅味书法”就是两者自然结合的产物。

这篇理论研究文章，在21世纪之初，入选了首届中国书法兰亭奖的理论奖。

著名书法家、中国书协副主席言恭达对谔的《草书研究与创作》的书面评价中有这样一段话：“由于作者又是一位优秀的草书家，因此创作自述部分正是其草书理论的最好印证，也可以看作是其理论的另一种形式的表达。”我以为言教授的评价恰如其分。也是这本书，我看到过“草书王”王冬龄手书的评价：“这本书学术态度严谨，又结合自己的创作经验论述，尤为难能可贵。”2014年，河南的许雄志到南通，寒暄之后对谔说的第一句话就是：“你的文章很尖锐啊!”常住北京的管峻与他一见面便说:“多次拜读你的文章，很深刻。”

除了《书法自由谈》《草书研究与创作》之外，谔还先后出版了《书法赏析》(与人合作)、《书法问答》、《书法要诀》、《书画趣谈》、《字美在何处》(与人合作)、《十五堂书法课实录》等，这些专著，既有“形而下”层面对技法的探微，也有对书法艺术历史演变、美学价值等“形而上”层面书法文化的探索。

观得千剑便识器

“读万卷书，行万里路”，这是中国文人千百年来奉为圭臬的修学理念，只是在当代书法界少数人心目中掺入了急功近利的浅薄，我常听说:“现在部分书家的作品里弥漫着匠气。”是的，他们当中有很多人对微观书艺的临摹几乎烂熟于心，但是，他们的作品如同做工精巧的零部件拼凑出的尤物，木讷而缺乏生趣。谔深谙“闭门觅句非诗法，只是征行自有诗”，多少年来，他走出书斋，足迹遍布敦煌、西安、太原、宁海、宜州、眉山、惠州等地。在书画大师们生活的山川溪流边寻踪觅迹，与大师们进行超越时空的对话和情感交流，体验一件件佳作诞生的环境氛围和灵感因素。在清代书法篆刻大师邓石如的诞生地，徜徉于故居门前绵长的小径，在一步步靠近的恍惚神情里，终于领悟到大师“清凉散”式艺术风格和人品的由来。漫步于秀丽的浙东，嶙峋的巉岩让他蓦然感觉到自己走近了潘天寿山水语言的源头，于是，他更坚定了自己的艺术追求和审美法度，那就是:道在瓦甓，道法自然。

谔最崇拜的两位古人是苏轼和傅山，第一次去拜谒傅山，因为野导游的忽悠，没能进入傅山纪念馆，这让他懊悔不已。过了三年，他再次寻访，为赎前愆，他还特意找到了傅山故里……为看到颜真卿的祖坟，他爬上墓园的围墙，跳下时，差点跌入草垛般的牛粪里。前日，笔者读北宋《宣和画谱》，其中云："前人之法未尝不近取诸物，吾与其师于人者，未若师诸物也，吾与其师于物者，未若师诸心。"谔的行踪和理念里，我依稀感觉到他这方面特有的坚持。他的书法专著和散文我读过不少，字里行间感受到他对书法艺术的那份虔敬和孜孜以求。我无法统计他寻访过多少历代书画名人，求教过多少当代书画界的名师高人，但是，他是一位博采众长的书家，也是一位设法将字的前世和今生、内涵和外延打通的人。

谔是一个勤于自警的人，这点，在他的散文里也常常感受到，而"没上大学"似乎成了他一生不能饶恕的"罪过"。尽管我们都知晓，当年农村初中所有一类苗子都是进中师的，我们也常常以"你是一类苗子"安慰他，但是，他依然纠结不肯轻恕，于是，每一个学习深造的机会他都不肯放过。1998 年年末，新诞生的江苏省书协主席团来南通评点作品，沉睡了五六年的书法梦想再次在他的心里点燃，没有多想就将自己的两幅作品冒昧地铺展在大家们的面前，书法家徐利明告诉他："艺术感觉很好，但不懂笔法。"此时的徐利明老师其实对谔这个名字并不陌生，这个名字常常出现在河南的《青少年书法》杂志和《书法导报》上，所以，他对谔出现在南通有些惊奇了。就是那天，谔向徐利明老师提出了想进修的愿望，这便是他后来到南艺进修的前奏。马士达老师有一次当着他的很多学生的面批判谔写字太快，他没有怨恨老师不顾情面，相反，他把这难堪当成认真琢磨书艺的永久动力。

在北大和南艺的全天候学习过程里，谔得到了陈贻焮、杨辛、李志敏、陈玉龙、高明、孙晓云、言恭达等大师级人士的耳提面命，这对他文学修养和书艺水平的提升是不言而喻的。而且，这段师生关系后来很多演变成亦师亦友的同道情谊，像杨辛、李志敏、陈玉龙等后来与他保持了很多年通信联系，他们给谔以真诚的批评和指点，而谔对于老师们中肯的批评总是仔细体会、心存感激。这样看来，他的书艺和眼界自然就不能等闲视之了。

转身去浮华

北大学习之后，谔转身离开了讲台。我感觉这是他的第一次转身。但对他的一生具有重大影响的转身则是后来那一次。

2002年，谔参加了全国第八届书法篆刻作品展，如果按照一般书家的路径，参加了两次国展，加上入选兰亭奖理论奖的那篇论文，顺着这条通畅的路径，熟门熟路继续参加各种大展，顺风顺水一路通达。偏偏他觉得走上那条道可能就是躺到了普洛克路斯忒斯之床，最终是名声有了，作品的特色却被“修理”得无影无踪。与我交流的过程中，他给我讲述了参加国展的有趣插曲，两次都是从悬崖边上被幸运之神拉回。因此，他没有陶醉于参展的荣耀，相反对自己有几斤几两有一个客观的判断。于是，他将自己的想法不遮不掩地抖搂出来，可能有些偏激：“软媚、浮艳之风的流行与吃香，是民族精神退化乃至丧失的表征，是人类丧失了积极进取精神的反映……”署真名发表在《美术报》上。他的老师徐利明教授打来电话，近乎警告：“你不要以为参加了两次全国展就怎么样了！”因为是老师，“爱之深，责之切”自然在情理之中。但是，电话这头，谔并不服软：“老师，我知道我不怎么样，但我可以自信地说，你的学生中将来谔是最优秀的……”后来，好长一段时间，他们师生两人中断了联系。

正如他本人所预料的那样，接下来，他感受到的是漫长的冷落和寂寞。

不过，他要的就是这份寂静和淡泊，大隐隐于市，在这段没有纷争的生活里，让自己以一颗真诚心与书法对话，与自己的过去对话，与未来对话，“草木有本心，何求美人折”，他的生活因为有着墨香的熏染，依然有滋有味、浓淡相宜。除了经营好自己的印刷厂，每天清晨，他起床后买菜、择菜，然后看书写作，兴致来了“兴酣落笔”。“敬”“勤”“散”“静”“惜”是他人生中体会得最为深刻的五个字，他自己说“静，就是要有定力，就是甘于寂寞”，是啊，定能生慧，他千方百计争取得来的静，其实还是为寻找艺术的慧根。我发现，他的书法作品和十多年前的相比较，多了沉着质朴，少了浮华。

谔“蛰伏”的这段时间里，主要住在南通。有一次，我坐到他客厅朝北的落地窗前，水波荡漾的濠河，碧绿生姿的田田荷叶，我想起了苏东坡初到惠州居住的合江楼，“海山葱昽气佳哉，二江合处朱楼开。蓬莱方丈应不远，肯为苏子浮江来。”因为这般景致，所以，诗人东坡感觉灵感为他浮江而来，我想这般美景，也许就是谔艺术创作的灵感源泉吧。

也就在这段隐逸生活里，北京的一位企业家主动联络他，想将他“包装”起来，然后将他的作品待价而沽。他家乡启东的企业家想跟他合作，目的也是想利用他的资源去获取可观的利润……他依然拒绝了。我分析，他看到了出卖自己必须付出的代价，艺术一旦被“圈养”起来就会失去生命力，是竭泽而渔，通过这种手段得来的“回报”终将如毒品一样提前支取自己的艺术生命。

前不久，省书协点名要谔创作作品参加中国文联主办的全国首届新文艺群体书法巡回展，按照主办方的要求，全省仅推荐两人的作品参展。这是他在2004年蛰伏之后的“江湖重现”，这也许说明，十多年来，他选择的这条蹊径没有让他误入歧途甚至销声匿迹，相反，这段淡泊的生活把他的书法带进了“新文艺群体”，也带进了一个新的艺术境界。于是，我觉得，他这次的“转身”是十年磨一剑过程中的淬火，是文学作品里的伏笔，是书法作品里的精彩飞白。“人生不能瞻前顾后，必须听从心灵的召唤，对崇高负责。”此时，我想起了刚刚辞世的文怀沙先生的这句名言。

袖有青蛇胆自粗

在瓷上作画，之前谔没有干过。

2015年11月，因为镇江和上海的两位同道怂恿，谔到景德镇画瓷。一到现场，果然是高手云集，来自北京、上海、镇江等全国各地的很多画家，个个跃跃欲试，但是，面对精美的陶坯，很多人又表现出文人的那份踟蹰。在王孟奇等画家的鼓励下，谔拿起画笔准备一试身手。北京商人C是这次活动的出资人，看到谔如此大胆显然有些发怵，他担心两个“大件”瓷器被谔糟蹋了，所以，轻声地提醒谔用铅笔打草稿。此前，谔在上海跟画家康戎先生有一个画瓷的合作，这次，又得到王孟奇老师的鼓励和点拨，创作的冲动驱使他立马挥毫。商人的嘀咕其实是打岔，于是谔稍稍扬眉露出对商人的鄙夷：“给你钱不就行了吗?”然而，千百年来商人从来都是重利的，他们当然不能理解艺术家的这份豪情，此时艺术家的豪言只能让他更加纠结。于是，商人C对上海画家说："让他乱弄？倒不如你写个名字上去还有些意思。"如果说，刚才谔还有些顾及商人面子的话，此时的他终于露出了本真的一面，大声说："打什么草稿？我让你们看看什么是艺高人胆大!"最终，他的作品为他的大胆做了很好的注脚，接下来，跟商人C同来景德镇的吴姓画家主动要求跟谔合作。

谔在书法理论研究上的大胆是我始料不及的。黄庭坚在《题东坡书道术后》一文中说："东坡平生好道术，闻辄行之，但不能久，又弃去。"然后得出结论："公性不耐事""不能久"。谔在《苏东坡的谪惠之旅》一文中是这样说的："这一点我不同意，大才如他，必懂得区分事之轻重，必明了己之真正所需。酿酒之类，自有作者，他之涉猎，以有余之时光耗多余之精力，'玩'而已矣。'道术'未必真，他也必知之，故其何必要有耐心一一按'法'施行呢？其'意'不在此而在彼也。他在惠州修桥救灾，一丝不苟，调度有方，思维缜密，何曾有一丝半毫的'性不耐事'。再有，才高之人，多不守陈规，好心血来潮，别出心裁，东坡做酒学道，未必不如其作文，任性随意，尽兴则止。"黄庭坚之后很少有人对其观点怀疑，更谈不上否定，但谔的这段论述，大胆而在理。

我以为，他的书法创作的豪情一方面来自他平日的苦练，但更深层次的原因是他的文学豪情。他参加全国第八届中青年展的书法作品其实就是他自作的两首古体诗，其中一首："我爱晚风清，移云弄花影。洗盏更独酌，且赏一轮明。"仔细品味这首诗，无论是他设置的独特意境，还是其情感表达，都能给人一份淡淡的宁静和惬意，一读便觉得是一首不俗之作。当年未届不惑之年的他，能够写出这样的作品，不难看出他的文学积累。所以，他在《用美点亮生活》一文中说：“文学艺术是通向审美人生的桥梁。”

我能体会到他从北京大学“溜回”时的那份心情。当时的他在一般人看来，身上已经没有钱让他挺直腰杆了，但是，抵达南京火车站，他当时依然志得意满，此时的他就是一位凯旋的将军。亲聆京城那么多大家的指点，看到了从来没有看到的书籍，过去千百度寻觅都难得一见的资料，这次终于翩然而至，如初恋情人“笑盈盈”地站在自己的面前。此时的南京尽管寒风瑟瑟，但是，站在火车站广场上等待二姐的那一刻，他春风满面。

我曾经设想将他在《书法自由谈》中所提及与引用过的书籍统计出来，读完这本书之后，我觉得当初的想法何其天真啊。我的学生久祥也是位书法家，与谔相识较早，他曾经告诉我：“谔看的杂书实在是太多。”与谔结识后，我觉得，谔看的杂书着实很多，但是，他看的杂书之外的书籍更多！于是，我觉得他的大胆那是因为袖有青蛇，也因为十多年前他就将自己送进了“新文艺群体”，他在那里拓荒多时啦。

《临池管见》中有这样的记载，说是有人向书法家索靖请教笔法，索靖用三只手指握着笔，闭着眼睛说了三个字：“胆，胆，胆！”看到这段文字，我觉得本文开头的那些矛盾似乎都能统一于一个词：“大胆。”

原载《中关村》2019年第2期

另一面的呈现

学音乐表演的儿子在毕业前夕终于给我回了准信，毕业后回家乡创业。得到他的这个答复，我感觉，历经大学四年他的思维总算与我们做父母的越来越靠近了。

关于他的未来职业设计，从接到录取通知时我们就提醒他从长计议，但是，他的职业选择如同纸篓里扔下的一个个草稿纸团，证明着他的草率和麻木。儿大不由爷，儿子大了由不得做老子的安排了。（老家的这个“爷”是指父亲，比如老家人常说的“爷儿俩”说的就是父亲和儿子。）他的未来设计除了让我们感到他的飘飘忽忽、胡思乱想之外，就是为他一次次夭折的天花乱坠的计划买单。客观理性地分析，他这一次的毕业安排是比较理性的。

音乐表演，最主流的去向当然是到歌舞团，上舞台。但是，他的身材不高，压不住台，所以，做演员这条路自然不是上上策。读研，当然也是一条路，但是，从校门到校门，没有实战经验，最终也就是在一份安逸的岗位上慢慢老去。这次，他不仅确定回来创业，还计划在创业之前做必要的准备，先在一家单位工作若干年，拥有了一定的社会认知之后再去市场闯荡。我倒以为这是他靠船下篙的一个思路。如果一开始就冒冒失失地下海创业，呛水恐怕就难免喽，那样的早夭其实是相当痛苦的。看来他的这个毕业安排是经过认真思考的，他在电话里分析了利弊。此时，我因儿子的成熟兴奋激动了。

后来，儿子先后在老家的电台和市里的电台做了主持人，自己担纲主持了他熟悉的音乐类节目，在如皋台的节目成为全台的热点，在家乡的这个小县城居然拥有近两万的粉丝。在南通台主持的以他名字命名的节目，在一次抽样调查中收听率在全台位居第二。在这期间，他还在网上搞直播。

为了达到经济独立的目的，他已经十分地忘我了。看到他这样，我觉得应该关心一下。于是就给他写了一封信。

儿子：

你想知道爸爸为什么要写信给你吗？现在，先把这个问题放一边。

妈妈早晨刚刚打开微信，发现你今天半夜一点多的时候又在映客直播，你昨天已经播了三个小时，今天下午还要去外国语学校上课，这样连续用嗓子是很不好的。爸爸嗓子疼的时候，一说话就疼，本来要说的话说不出来，“欲渡黄河冰塞川，将登太行雪满山”，心情极度沮丧，不要说上课，就是连平常的交流都困难了。所以我后来看到其他老师上课那样自如、流畅、激情飞扬，你知道吗？那时的我是怎样的痛苦……

爸爸在教育岗位上工作了将近十年，给十一届的高三学生上过课（大学没有毕业就给高三的学生上课），教学上也算是入了门，也拥有了一定的教学成果。其时已经进入了教育教学经验的高增长期，在一些国家级刊物上也发过几篇论文，乐观地分析一下，如果地理还是高考科目，只要自己不懈怠，将来争取个特级教师应该是有一点希望的。你想想，其时爸爸听到教室里同事们轻松自如地授课，心里是多么痛苦和不甘？那时，我在心里一再地问自己，就这样离开讲台？

现在你知道为什么我要写信给你了吧?!

所以，我向你提这样的几点建议。第一，你现在每天的直播要控制在2~3小时，时间不要太长；第二，少唱歌，即使唱，也不要唱难度太大的歌；第三，多用器乐演奏，少用嗓子；第四，平时说话要控制音量；第五，注意锻炼身体，“老去身犹健，秋来日自长”，有了好的身体，才会有未来生活的幸福；第六，拒绝抽烟饮酒。

你知道吗？爸爸就是在得知地理不是高考科目之后，觉得只剩下“最后的晚餐”了，那天，本来课就很多，白天已经上了五节课了，后来同办公室的老师家里有事，教我代他给成人辅导，喉咙已经十分疲劳了，我看到听课的成人精神疲乏，不自觉地提高了嗓音。就是在这一刻，突然觉得声带有撕裂般的疼痛。自己知道声带坏了，但当时并不知道声带损伤之后一般无法恢复，也没有及时到医院去就诊，自认为弄点含片含含就能好了。你看看，这都是无知惹的祸啊。到了后来，你也懂事了，你也感受到我为嗓子的毛病经历了怎样煎熬般的憋屈。

我理解你现在想增加收入维持自身的生活，收入是人的生存基础，但我觉得，你的问题还是要学会理财，学会安排生活。有些东西不是生活必需品是可以不买的，衣服和鞋也不需要买那么多，我在家里看到你有很多鞋都没有地方放了，扔掉，也很可惜，所以，你要腾出一定的时间整理自己的生活日用品，学会安排生活。经营上的事情，我不懂，但是，商场如战场，你作为在商场上摸爬滚打的“战士”，在商言商，不能意气用事。对自己的长久定位要准确，你现在把目标放在映客直播上，我觉得是不错的，要围绕社会主义核心价值观，自觉做到向上向善。搞音乐教育，我觉得这是非常好的方向，人的精神追求永远是无限量不停止的，所以，在精神领域搞建设，这是一个庞大的领域和空间，也有无限广阔的市场。也正因为这点，我才一再地要你保护好自己的喉咙。

至于酒吧经营，实际上是给目标对象提供一个合适的空间和休闲服务，你要根据顾客的诉求提供周到的服务，同时也要兼顾自己的可能性，这方面我没有经验给你提供借鉴。

爸爸

5 月 17 日

这封信写好了悄悄地放在儿子的桌子上。

看到这封信的时候，儿子也许会十分惊讶，因为父亲现在对他的态度出现了巨大的反转，他一定觉得不可思议。因为从小到大，我总是教他心无旁骛地向前追赶人生目标，我从来不能容忍他的消极和懒散。也许是受“养不教父之过”的警示，我在儿子面前总是保持着严父定力，原则性的问题从来不肯通融。儿子读小学一年级的时候，班级安排看电影，偏偏他把老师发的电影票弄丢了，第一天晚上他对我们说，明天上午学校不上课。第二天，我看到其他同学都去看了电影后，午饭前我就问他，上午学校是否真的不上课？

他继续撒谎，结果，一回到家中，我就在他屁股上印上了深刻的掌印。

努力、奋斗、争分夺秒，是我们交流当中反复出现的词，他被我们拎着脚不沾地往前赶，我时常从他蹙着的眉头里看到他的心情暗淡。也许就是我们没有给他留一点思考的余地，所以，他的生活里很少有自主性的安排，他的生活成了我们编排的情景剧，他只是一个不能领会台本的懵懂主角。所以，高考之后当我们对他决定放手的时候，他其实还没有生活的设计能力。

这次，对我的劝说他是认同甚至是感动的。他也终于看到了我这个父亲的另外一面啦。

第五辑

在水墨汉字里

鹤鸣江天

进入中年之后，一些名字悄悄地从手机上删除了，这是生活的无奈，也是生活的规律。可是有个人，我却执拗地将他留在手机里，一旦想起，我便在通讯录里输入他的名字，就会看到我和他最后交流的几段熨帖的文字，仿佛听到了他夹着吴韵的江淮方言伴着手指间的烟雾袅袅升腾……

与他的交流总让我很有收获，很是惬意。

与他在工作上走到一起，似乎很偶然，但又是真真切切的事实。

本来，教书育人的岗位已经让我顺心顺意了，但是，命运却给我安排了一次回车。因为我省高考科目的变化，我在校园里被闲置了大半年后，到了一墙之隔的县委宣传部。从在学生面前呼风唤雨撒豆成兵的“孩子王”，到县级机关里轻手轻脚走着猫步的办事员，原先性格中的缕缕阳光在几个月里悄悄地被销蚀。又是几个月，熟悉我的领导、同事相继高就，我仿佛成了这个窠臼里的螟蛉。面对不期光临的而立之年，我在人生去向和现实之间不停地踅摸。在学校，我的工作对象是冲刺高考的学生，跟我合作的是一生不离象牙塔的教师，他们传递的是人类文明的精华，理科老师的理性思维，文科老师的“仁者爱人”，让那个空间里弥漫着远离世俗的清高。到了机关，尽管我比刚刚就业的大学生大不了几岁，但是在讲台边已然定型的思维方式和处世观念，让我在左右逢源的机关人员当中，时常表现出不协调——我成了机关里的撞入者。夜阑阒寂之时，也曾想着重回那个熟悉的校园，转念一想，没有好转的喉疾在四十五分钟内随时可能使我失声，我执教的地理学科一年前已经成为弃置在高三课程表外的课程，更重要的是“好马不吃回头草”，这古训时时提醒我不能做这种违背常理的惷头子（如皋方言：指做事莽撞的人）——我成了有“家”回不去的游子。

困惑之际，他从人大调来宣传部，而且还成了我的分管领导。

他到宣传部的那年正好五十岁，所以，他常用我的家乡话自嘲：五十岁学吹吹。吹吹是吹奏乐器的乐手，这话的弦外之音是“犯不着”，是无奈，是屈从。实事求是地说，这个年龄到宣传部是过时了点，但是他的到来倒是使我有了留下来的信心。

他出生于长江南岸的江阴，与我的家乡如皋虽然只有一江之隔，但是，北岸与南岸方言、习俗、人的思维，甚至连行事风格都表现出显性的差异，江阴是全省的样板，而我的家乡还是发展相对缓慢的区域。二十世纪七十年代初，他从中医学院毕业随貌美的女同学“入赘”如皋。我在这里用“入赘”一词最能清晰地表达他到如皋参加工作的缘由，但是，过去的谈话里他本人一直反对入赘一说。他说，到如皋后的生活都是自己打拼的，一双儿女都随他姓薛。不过，他是真实自信地生活在了我的家乡。

回到刚才的话题，我是学地理的，到宣传部工作是七扭八拐地

“呛”进来的，他是学医的，到宣传部门工作的概率也是微乎其微的。就在我期待着有人呵护的时候，他如同及时雨一样地来了。那天，他穿着一件米色风衣，手里卡着一个小方包，脚步轻盈地来部里报到了。

看到他白皙的肤色，稍稍卷曲的头发，我终于知晓了“小白脸局长”的由来。

二十世纪八十年代，他担任县卫生局医政股长之时，国家恢复中断了二十多年的职称评定，这项工作政策要求高，矛盾集中，涉及所有医务人员的切身利益，加上小县城里人际关系盘根错节，所以，推进难度难以想象。才有了一点动静，上访的人、打招呼的人很快就集中到他的身上，搅得他白天无法办公。怎么办？只能晚上加班，于是他连续数日吃住在单位，困了就在办公室将就睡一会儿。因为对政策吃得准吃得透，所以在后来接待上访人员的过程中，他敢讲敢说，一归一二归二，从不和稀泥打太极。他全身心的付出使他在全系统赢得了较好的口碑，也让一些领导眼前一亮。拨乱反正之时，正是用人之际，似乎是水到渠成的，他被提拔为副局长，再后来成了局长。不到四十岁成了一局之长，这在古老的县城是个破天荒的安排，一时成了坊间传说的新闻。

不过，在局长的位置上，他遇到了不小的阻力，他的果断直接一再遭遇挫折，班子里时常出现不协调的表征，很多事办起来很不顺当，这让他很是受伤，他对此十分困惑，矛盾的根源在哪里呢……有一点是明摆的，一个局只有一个局长，提拔了你，其他人就没机会了。办事雷厉风行是你的优点，但是，这或许就是缺点。你学历高办事认真，旁边也有高学历的人呀。还有，也许是他始料未及的，当初在他具体负责职称评定的过程当中，面对不同个体的纷纷诉求，面对历史的欠账，快刀斩乱麻的行事风格，难免斫了竹子碍到笋，得罪了人或许还不自知呢……多种因素叠加到一起，此时的受伤确实难免了。

有人称他“小胡子”局长，我曾经想过很多次，他留个小胡子该是个什么样子？从我后来跟他接触的那么长时间里，感觉他是个十分干练的人，绝不会留小胡子。但是，这个绰号又是从哪里来的呢？数月前，熟悉他的人告诉我，他鼻翼的那个痦子一直在长，让他很难受，因为长在危险三角区又不适合动手术处理，所以在开会或者看书的时候，他总不自觉地用手去按摩按摩。有人看到了这个细节，偏偏就拿这个说事，把痦子上的短须说成是“小胡子”——就这样搞你让你难受。

不到五年工夫，他们那个班子拆了，他被平移到人大，担任一个专委会的主任。医卫系统是全县仅次于教育的庞大系统，在册医务人员有四五千人，而人大一个专委会也就两三个人，主任副主任加一个秘书，所以，下基层工作的时候常被误当成部门的中层对待。面对这样的变故，很少有人能坦然应对的：有人心灰意冷，在酒精里寻找飘飘忽忽的慰藉，把人生之初的理想演变成酒精刺激后的豪言壮语；有人从此将自己屏蔽在主流社会之外，将自己逼进自设的“冷宫”；更有甚者会纠结于无法回归的权力和荣耀，在失望和悲戚中郁郁寡欢染上重疾……此前若干年，就曾听说本省的一位厅长从热点部门被平调到冷清的人大，在宣布职务变动的现场居然抽搐得说不出一句“道别”的话来。

面对变故他当然也很憋屈，他反复思考当初自己的坚持是否值得，他忖度自己为什么没能融入这里的官场。他想趁机调回苏南老家，用他自己的话说："让你们当地人去搅吧。"但他马上回过神来，调走就是逃避，是在当逃兵，当逃兵不是我的个性。是的，他自小就是这么狷介的个性。十五岁那年寒假，他回乡参加生产大队劳动，大队长觉得他是个半大的孩子，给了他整劳力的六折工分。这让他十分不甘，第二天，他跟着大队长干，如影随形，大队长在哪里他就跟到哪里，大队长干什么活儿他也干什么活儿。

按照他的学历和资历，人大稍稍地缓冲一段时间，自己跟有关领导疏通疏通，是可以回到一个部门担任要职的。但是他不屑，于是带着满满的自信藏在书斋，与知识相伴摆脱俗世的纷扰，把对专业的深笃情感转换成文字的倾诉，于是，一篇篇涉猎医疗管理、医院文化、中医哲学等方面的研究论文陆续见诸各类重量级期刊。"孤标直好和松画"，韩琦咏鹤的这句诗让我感觉到，他和书籍一起其实才是最好的画面组合。

与太多从政的人截然不同的是，他不喜欢把喜怒哀乐藏着掖着，所以，作为部下跟他交往是很踏实和轻松的。

那年冬天，我正积极筹备召开全市的工作动员会，争取领导参会是机关工作的惯例。一个会议重要不重要，坐在下面的人只要看一看主席台上的人就了然啦，有一二把手坐在台上，哪怕他们不讲话，今天的会议就当然重要。有四套班子领导出席的大会，那就是这个区域内天大的事。那次的工作会议，他千方百计地把市委副书记争取过来讲话，市委办主任也签发了会议通知，我正着手付印《通知》。偏偏在这个时候，另一部门插队了。市委办的一位科长教我立即到市委办主任那边。市委办主任其实是要我们修改会议通知。结果，这件事让他十分尴尬……在我走回办公室的一小会儿时间里，他知晓了整个事情的来龙去脉。后来，我将修改的会议通知报请他审核签字时，他对我一贯的谦逊和气消失了，几近暴怒：“你们的会议我不管了，也不要请示我!”一边说，一边把新的《通知》摔到我手上。由于用力过猛，他的手指把《通知》戳了个洞。

后来，大概他自己想通了，还是带着我们把会议安排得井井有条。

酒席桌上的他，个性相当鲜明。一桌子的男人，面对主人盛情地斟酒，他首先腾出捧茶杯的手罩着面前的酒杯，蹙着眉，无奈地用他那带着江阴腔的如皋话说：“我不能喝——”说话的当口抽空将右手夹着的香烟猛吸两口，然后，一边吐着烟一边看着酒杯说，“唉，真的吃不消。”只可惜，他是个十分敞亮的人，他的这点儿掩饰功夫根本骗不过老江湖的主人，主人一脸的诚实守信：“就一杯，保证就一杯。”这样的主人真是心理学家，对他的个性其实了如指掌，他就是一个对真诚不设防的人，于是在主人真诚的劝说下，他捂着酒杯的手悄悄地转到茶杯上去了。

我的感觉是，他对付喝酒不如构思文章那般上心、缜密。倒了第一杯之后，他会要求主人践诺，此时，八面玲珑的主人如果安排女主人出场，本分贤惠的女主人落落大方地走到他的身边，申明这是人生第一次为他斟酒，他会主动地将酒杯放到女主人最适合倒酒的位置。不过这一招儿也是看人的，如果女主人打扮得花里胡哨，话音里还带着媚味，那就会招来他十二分的反感，不但酒倒不下去，弄不好还会造成他对男主人的反感。第二杯进展顺利，一桌人当中，如果此时有一位跟他意气相投，或者聊到他投缘的朋友，抓住机会帮他添第三杯，那他的注意力自然已经不在酒的多少上了……前三杯过后，他会主动斟满自己的酒杯，按照酒席的礼数主动回敬。与一般领导不同的是，你敬他一杯，他就喝一杯，他不会跟你“签订不平等条约”。

不过，一阵豪爽之后，他本来就很白净的脸更加煞白，再接着便是泛上红晕，此时，他会不停地喝着浓茶，喘着粗气，后悔自己刚才的冲动。他自己总说酒量很小，但是，我们一帮他的部下从来没有看到他酒醉失态。他用医学理论对我们解释，这是胃反应迟钝，隔宿醉。

也许是惺惺相惜吧，他对我的关心总是悄无声息的。

下乡挂职或者任实职，一般结束了是要提拔的。跟我同期下去的大多也都提拔到领导岗位，我在乡镇任实职一年后重新回到原岗位。我思忖，与同一批下去的干部相比，我在机关工作时间短，资历浅。但每每谈起相关的话题，心里总有一种被搁置的感觉，尽管我努力地加以掩饰，但终究演技不够高明。也许，敞亮的人怎么掩饰都是徒劳的。后来的情况是，两三个月后，一把手部长找我谈心，说明拉我回来是形势所迫、工作需要，暗示我要经得起考验，消除顾虑……其实我知道，一把手是市委常委，公务繁忙，有时十天八天都不一定碰到面，对我心中的疙瘩是不一定知晓的。所以，这服应时的“解药”其实是他开的，毕竟他是学医的。

正是他的这份关心，让我在他手下工作的年月里舒心顺畅。想想自己这一路走来，幸亏遇上了他呀。

前面提到茶杯，是的，他的茶杯如同僧人的一件法器。一只扬州酱菜瓶子做的茶杯，铁皮盖面上的油漆被勚成银光闪闪的圆圈，岁月在螺纹口上留下了很厚的茶垢，满满的一杯水当中大半的空间里都浮游着茶叶，出席大小会议他总拎着它，仿佛铁拐李与“酒葫芦”形影不离。那段年月里，茶杯如同清朝达官贵人的鼻烟壶成了身份的象征，一般非正式会议，长方形的会议桌上一溜杯子放在每个人的面前，主人的喜好、品位、社会关系、生活习惯从茶杯上便能一览无余。其时我上小学二年级的儿子回到家中就向我们口播“新闻”，班上×××的茶杯是不锈钢的，×××的茶杯是粉红的，×××的茶杯上有个金圈儿……其时，很多单位的庆典活动流行赠送茶杯，看到他这只“老古董”杯子，我猜想，同僚抑或在心里嘲笑他这个“薛某人”（他常常自称）也太没“办法”了呢。

他的这个杯子已经不跟趟了，不过，他并不在意。就是这只茶杯有一次落在了活动现场，第二天上午，他没有“另寻新欢”，甚至那个半天都没有喝水。他的橱柜里有好几只高档的杯子躺在那里睡觉，这个上午本可以拿出其中一只顶替的，但是，他一直没有那样做，甚至连茶柜上的一次性杯子也没有用。

我猜想，他对那个落伍的酱菜瓶子不离不弃，大概是有原委的。也许，那个杯子就是他跌宕人生的见证，是炎凉世界里相守的伴侣，在一个个苦寂寒夜里给他温暖的赠予，或者，他们之间有着神奇的故事。改稿子的时候，他总喜欢将茶杯的盖子拧紧，然后，不停地用两只手从上到下抚摸，仿佛那瓶子上有些灰尘和油污，他要将它摸得干干净净，那感觉就像一只站在水边的鹤在清理身上纷披的羽毛。

在机关这个群落里，他的这个贴身宝贝是不折不扣的“丑小鸭”，每当看到这个“宝物”，总觉得这是主人帅气、洒脱形象的反衬，是他精神内守的一个印证。

不要以为他这样的一介书生在家里就十指不沾事。其实，他是家庭里的总管，大事小事都是他操持。他是烧菜的一把好手，我至今还记得他的米白色夹克上总不离上灶时留下的油点子。

他与妻子王美芸出生于不同的家庭，从他们两人的早饭就能知晓他们的差异。生于县城的王美芸身上难免保留了城里人的小资情调，一个烧饼就着一杯绿茶或者一杯开水，她觉得这是天经地义的早茶。但是，生于农村的他从小就喜欢喝粥。所以，婚后的数十年里他每天到市场买菜，第一件事就是把妻子吃的烧饼买好。

他对爱情和家庭的忠贞如其性格一样没有杂色。熟悉的人都知晓，他和王美芸都是各有个性的人，按照常理，两个很有个性的人在一起难免磕磕碰碰，但是，数十年来，他与妻子彼此恩爱互相体贴，用自律克服了各自性格上的缺陷，让家庭充满了安乐祥和。年轻时，他的烟瘾很大，每天下班离开办公室之前，必做的一件事就是刷牙，有人笑话他怕老婆，仔细想想，如果是怕老婆那他早就戒了。但是，他一直没戒，我以为这是他们夫妇彼此尊重的结果。关于婚姻，他常常自嘲，是被如皋马马儿（如皋方言对已婚女人的俗称）骗来的，其实，他是心甘情愿地被“骗”了一生。

当年苏东坡相信自己前生曾到过杭州寿星院，黄庭坚深信自己前生是一位女子。我一直想，他的前生是否就是一只鹤呢，难说。此时此刻，我把目光投向浩瀚的江天。

黑夜之后是白天

油灯下的母亲说，梦里看到棺材和蛇，是发财的梦。后来，又听大人说，白天想什么最多，夜里就梦到什么。小孩儿对这些话很好奇，尽管对这棺材和蛇十分怵惮，但是，我还是想着在梦里看到这两样“宝贝”，至于害怕的事，我已经下定了决心：咬咬牙就过去了，反正在梦里，棺材不可能把我摁进去，蛇也不可能咬我。谁不想发财呀，要晓得，没得吃没得穿的日子才难过呢，一旦发了财可就吃不愁穿不愁了。呵呵，想到这里我自己都不自觉地笑了。

于是，在这之后的无数个白天里，我就拼命地想着这两个物件，一刻儿想着在前面三老太家看到的棺材，一刻儿想着在黄氏池塘边上看到的蛇。真是奇怪，我那么勇敢地苦思冥想并没有得到期待的结果，那么多个夜晚，那么多纷繁的梦中这两个“贵客”一直没有露脸儿。

多少年了，就在我几乎把这份期待忘记的时候，应该是1993年吧，一条蛇终于君临我的梦里了，一条可爱的蛇终于与我有了一次照面。其时，我已经在三尺讲台上打拼了七八年，一年一届高三，工作渐入佳境，甚至有点觊觎特级教师那个红本子了。但是，本省高考科目突然有了调整，我徘徊在人生的十字路口，正着手离开学校进行人生的转向。我为拐弯所做的努力便是重拾儿时的文学梦想，磨炼笔尖上的功夫，避免再次遭遇遗弃。尽管身在教育系统，但我却把我的那些所感所想投向了各级非教育类报纸。但是，毕竟抛荒多年，一两个星期才熬成一篇千把字的“豆腐块儿”最终多数都进了编辑老师的纸篓子，两三个月甚至半年才在报纸上露个脸。我终于理解很多文学爱好者选择中途放弃的缘故了。

缥缈的梦境里，一片广阔的原野上散布着一汪又一汪的水面，浅草和静水自然交织，两种元素构成的图案如同奶牛身上的斑纹，草青水蓝，水光潋滟，一条青黑色的长蛇贴着地面逶迤东来。接着，画面越来越虚化，也看不清蛇身之下是河还是土。我认识的蛇不多，但我知道，那条蛇不是我平常看到的青黄斑驳的菜花黄，也不是小时候遭遇过的眼镜蛇，它黑黑的，通体油亮，朝下的半边灰中带黄，感觉就是一个硕大的黄鳝。蛇的游行速度十分惊人，瞬间就穿行了迢迢路途，来到我的跟前。没有想象中的凶神恶煞，但我依然是惊恐的，“啊——”地惊叫一声，立刻坐起，身上已是一身微汗。睁开眼，原来是在自家的床上……

《周公解梦》《易经》当年还没有读过，对母亲当年的那个说法我总认为是迷信。不过，从那天开始，我总在期待着什么事情发生。空闲的时候，我在思考，一个教师能有什么财发呢？而且，所教的地理都已经不是高考科目了，已经成了校园里的边角料了，要不，就是我有文章要发表了，思来想去，大概这是唯一的可能了。于是，我在办公室的时候，每天都盼着收发室的老周过来。老周每天准时地把各个班级同学们的信件送到班主任桌上。我们这个办公室有三个班主任，朱老师、孙老师，还有我，朱老师靠近西门，我和孙老师坐在距离西门最远的东北角。老周从西门进来，首先是将信件送给朱老师，然后就是我和孙老师。从老周进门开始，我的眼睛就迎上去，在他的手上缱绻，等到他靠近我的时候，我就问："有我的信吗？"三四天内，我们一直重复着这样的交流。后来有一天，隔着老远，老周喊我了："吴老师，有你的信。"我从藤椅上弹起身："噢，来了！"不自觉地走过去。看到那厚厚的信封，我猜测那是两份样报。一段时间后，稿费来了，是60块。

尽管这个春梦没有结尾，60块钱的稿费也说不上是发财，但是，我从此对母亲的那句话坚信不疑了。我甚至认为，母亲说的"发财"其实用"吉兆"一词更为妥帖，但是她不识字，所以，只要是好事、好运都用"发财"代替了。

不到一年，我成了县委宣传部的一名新人。从县委宣传部，到县文化局，再到市委宣传部，文字成了我的另一个终身伴侣。

到市委宣传部工作之后，应该是2007年吧，我们一行人到甘肃省甘南州采风。午后的高原艳阳高照，站在甘陕交界处的山坡上眺望黄河第一湾，黄河像一条绿色的彩绸逶迤在松潘草地，草地如同一块块闪光的湖面与绸缎组成的一幅安静的油画，一望无垠的湖沼安详湿润，几只牛羊散落在遥远的天际……咦，怎么如此面熟呢？我是第一次来这里呀，以前也从来没有看到过这里的图片或照片呀。我纠结了一段时间后，终于想到了这与当年那个蛇梦里的景观十分相似。为什么会是一条蛇从黄河第一湾游入我的梦中？我无法解释，我也以为，我的蛇梦就以这样的悬疑收尾了……

不过没有结束。后来又有蛇来到我的梦里熨帖我了。

那段时间，应该在2015年前后吧，我发现自己的散文作品，字数多数在1500字上下，开掘深度不够，有些单薄，自己再读时也不杀渴。我的一位领导是南大中文系的高才生，他跟我说，写文章不能像竖电线杆子，不能是直线，不能一样高。写作中最大的敌人就是自己了，于是，我选择了否定自己。那两年时间内，我闷头写长散文，除了应景之作，很少向报纸投稿了。我把写成的三篇4000字以上的稿子，发给一位十分要好的朋友。朋友是写诗的，她发在《诗刊》上的诗我都读过，她从事文学创作比我早，圈子里有一定的影响力，特别是当年的一首“情歌”，至今还让读过的人诗情荡漾。其时的她已经淡出诗坛跻身商界了。我的文章她基本认可后转给了一家省级刊物的编辑，编辑老师回话：“近期拟刊用一篇。”

之后两三个星期，我又一次做了关于蛇的梦。这一次是两条蛇，两条蛇像是两条恐龙，从天上飞来。但是，它们没有翅膀，也没有脚，蛇头蛇身像动车，通体光滑，蛇尾喷出的强大气流，如同立体电影里正面而来的飞行器，两条飞动的蛇伴着风声“呼——”的一下就冲到了我的眉心。醒来后，我很惬意，坚信这是延续了二十多年前的蛇梦，是我的长散文刊发的征兆……一个月后，没有消息；再等着下个月，依然无声无息；三个月过去了，我想可能就在下一期吧；半年之后，那份杂志上依然没有出现我的文章。后来，我努力地回忆了那个梦境，两条飞来的蛇眼睛都是混沌未开的，这是否就是对我的暗示，告诉我文章还没有点睛之笔?！按照这个臆测，我继续启动了我的文学“老爷车”……

关于梦想，人们最感兴趣的话题是梦想与未来是否存在联系，我的答案是：肯定存在的！我的两次蛇梦带给我的预兆不尽一致，第二次的蛇梦与预期离得很近，尽管没有体验到简单的获得，但是，因为梦的加持，我有了转场的动力，发现了新的目标。想想古人真是智慧，创造了梦想一词，梦离不开想，想离不开梦，因为梦了所以要想，因为想了所以才梦，如同黑夜之后是白天，白天之后是黑夜。

交　集

一

不是我攀附名人，我与李昌钰博士确实存在着交集。

老家县城的长巷，一头连着内城河边的依依杨柳、粼粼碧波，一头吐纳着县电影院来来往往的杂沓脚步。上小学的时候，每年能去电影院一两次，所以，这个巷子便是我最早的城市记忆。记不清在这条幽巷里来来回回地走过多少次，但是，它的安静、清洁却始终印刻在我的脑子里，如同刚刚洗净晒干的棉布小褂儿，散发着阳光的味道。偶尔慵懒的铜锣声在巷子里转悠，麦芽糖的诱惑总是在我的记忆里无法抵挡。

长巷2号，就是“神探”李昌钰的家，我看到的时候依然是个很寥廓的深宅大院，正对大门的是翻建了的红瓦单片办公楼，县财政局在里面办公，门脸和大门边上还坚守着少量青砖小瓦的平房，让人猜想到这是一个有着时间厚度的院子。

不过，在这条巷子里，我与“神探”无法相遇，我们之间的时间差接近三十年。

二

既然有着这样天定的缘分，我们之间终会相遇的。

应该是1997年吧，其时我在家乡的宣传部门工作。有一天，我乘着初冬的晴朗到南通办事，事情办完后在学生元的办公室。当年的学生凯宏突然呼我（当时我只有寻呼机），说他们外国专家局杨司长嘱他中午陪一位如皋老乡吃饭，老乡是美国的“神探”李昌钰博士。他向我打听李博士的信息。老实说，这个名字也只是在耳边刮过一两次。当年，老家那个古老县城如同漫漶在发黄的照片里，数十年没有变化的主干道，自行车主导着行走的节奏，互联网离我们的生活还相当遥远。我们一个县委宣传部也只有一台909和一台286作为打字工具。

尽管我对神探并不了解，我还是如同当年在学校教书时回答他们的提问那样，马上答应下来。果断地接受这个“任务”其实是有底气的，当年，我在家乡的几所中学教过十多届的高三，又在机关工作了将近三年，与新闻单位的联系又很密切，所以，我以为解决这个简单的问题应该是不困难的。

不过，一圈的电话打下来，情况很不乐观，几个部门没有能够提供出一点有用线索，个把年纪大的“老甲鱼”甚至劝我不要费神了，言下之意是劝我多一事不如少一事。我对能否如期完成凯宏的“任务”开始有些担心了，没想到在大洋彼岸大名鼎鼎的神探，此时在他的家乡其实还寂寂无闻。

时钟已经的的确确地指在11：35了，此时正是县级机关的下班高峰期。如果工作人员离开了办公室，我还联系不到一位知情者，不能向凯宏提供有价值的信息，那么，凯宏与神探的接触自然不会产生出乎意料的效果，家乡就不会让神探兴奋。眼前仿佛出现了午餐现场，凯宏一直闷头吃饭，跟神探找不到共同的话题，偶尔冒出一句总让在场的人感到游离在现场之外，杨司长希望看到的意外惊喜始终没有出现。家乡在游子心中的形象依然就是沿海的“黄土高坡”……

我的想象其实是有根据的。1985 年，神探曾经回了一次家。也许，他在看到家乡之后，感觉这个冷清的小城与记忆中的家乡存在着很大的落差。他甚至觉得，母亲在摩天楼之间坚守的那套传统生活方式在原发地已经失传，这个长出老人斑的小城与自己没有太大的瓜葛了，怎么嗅也嗅不出家乡的味道。当天，家乡没能留住这位离开家乡三十多年的游子。带着些许的失落、伤感，他住进了濠河边的酒店，当天晚上，他是怎样的心情？

三

家乡是游子心目中永远的唯一，家乡没有理由让游子感受到冷淡。我当时似乎就抱着这样的一个坚定信念。

我一边翻检着机关的电话号码簿，一边跟元商量着再做最后的努力。我突然觉得，李博士这样的名人，市里的领导应该有所了解，但是，此时的政府办公室除了值班室有人之外，其他的科室都已经下班，而且，我这会儿把电话打过去，万一遇上一个热心的“韧面筋”，不仅不能获得有价值的信息，还会把我有限的检索时间磨蹭掉。公事公办看来无法进行下去了，我想再动用私人关系。我打通了政报编辑部的电话，这里有我的两位学生在上班，即使她们没有李博士的信息，我也可以请她们帮我一起打听，毕竟她们在政府办工作，接触面广。接电话的果然就是当年听过我课的小徐，听我一说，电话那头立马传来她清脆的惊喜声："哎呀，老师，巧了，我们刚刚出的一期《如皋政报》就发过一篇我采写的介绍李昌钰博士的文章。"我听到这话的时候，心中十分兴奋，我说："果然是'踏破铁鞋无觅处'啊。"因为这件事，我倒是佩服家乡的这份政报，当年就把神探作为一个新闻热点进行深度的报道，他们还真的是眼光独到。

大都市的作息制度和我们县城是不同的，我把电话打过去的时候，大概还不到12点，凯宏还在办公室，接到电话的他显然十分满意，他一定觉得我这个曾经的老师还像以往一样是值得信赖的吧。电话最后，我特地叮嘱他，要把家乡最近的变化重点介绍给李博士，并邀请李博士在适当的时候回家乡看看。

接待结束之后，一向内敛、稳重的凯宏兴奋地告诉我，李博士听到杨司长的介绍后就十分兴奋，感慨家乡人杰地灵，在京城就真真切切地遇上了正宗的小老乡。在听到小老乡口中传递出的家乡变化后，神探显然有些喜出望外，立马问了一句："真的吗？"稍做停顿后接着说，"我是好长时间没有回去了。这次行程已经排满了，下次一定回去看看。"

其实，口头上做出这样的允诺，在一般人看来可能就是应承而已，不算数的。可是对李博士来说，他的严谨如同基因一样无法更改。

四

其时，很多地方都在打造形象招商引资，所有海外关系都是地方官关注的重点线索。我把有关李博士的信息很快向我的分管部长和部长做了汇报，后来又将提前到手的第 10 期《外国人才》杂志交给了领导。看到这份杂志上介绍李博士的文章后，市领导当即表示，热烈欢迎博士回乡寻根，并请我转达邀请，请博士尽早回乡。我向领导报告事情的整个过程，我的几个领导对我的“擅权”给以充分肯定。

大概过去了四年，博士一家果然安排了一次家乡之行。博士还以母亲的名义捐建了如皋师范附属小学的运动场。家乡以十分隆重的礼仪接待了她的游子。

从此，博士与家乡接上了情感的电源。

关于李博士为什么以母亲的名义捐赠，其中有着中国人的传统理念。他们家兄弟姊妹十三人，母亲还健在，李博士也不是家里的长子长孙，所以，他不可以以自己的名义捐赠，只能以母亲的名义捐赠了。我在家乡的李昌钰刑侦科学博物馆看到有关李博士的资料，他们家还一直保留着传统的生活方式，每到过年的时候，长辈坐在上首，晚辈都要给长辈拜年。

郑长才先生在世的时候告诉我，李博士的如皋话说得比他还流利。

五

促成博士一家回来，其中有一个更为传奇的故事。

那是 2001 年的一天，如皋绿园的老板郑长才先生跟李博士通电话，邀请李博士带家人回来看看。李博士非常感动，电话里欣然答应。当年的 9 月，他带着夫人、女儿和女婿回到了如皋。

真是神奇，他们一家回来不久，美国发生了“9·11”事件。看到世贸大楼倒塌的新闻，女儿女婿十分惊恐、哑然，当然，悲痛的泪水里也难掩自己幸免后的侥幸，如果不是郑先生的那个越洋电话，也许他们就和他们遇难的同事一样将生命定格在2001年的9月11日了。李博士是当代的福尔摩斯，世界顶级的痕迹鉴定专家，目睹过多少鲜血淋漓的场景，但他不是预言家，他庆幸，是郑先生的一个远洋电话保全了他的家庭，如果没有这次的如皋之行，那又是什么样的结果呢?!

这里，有必要介绍一下郑长才先生。他是土生土长的如皋人，老家和我家离得很近，同属于当年的城西乡，都是县城边的“城角落”，也许就是这样的区位优势，使这里先于其他地方发展起了商品经济。二十世纪八十年代他们数人成立的城西花木公司成为家乡的花木产业的龙头。在他们的带领下，我们一个乡，花木成了致富产业。什么芭蕉、棕榈、小叶黄杨、大叶黄杨、龙柏、红枫、桂花、龙爪槐在我们这里的农田里处处皆是。有一阵子，一根寸把长的龙柏头儿都卖两三毛钱，八十年代初期，我们在大学食堂里吃的一份炒肉片也就两毛钱呀。我的邻居里，当时搞了苗木的都眼见着腰包鼓起来了。郑长才的花木盆景后来越做越大变成了如皋盆景园、东方盆景园。我还没有与郑先生认识的时候，就听一些朋友介绍，他是个朋友人（家乡话里是善交朋友的意思）。第一次与他见面我就觉得，他是把宽容和仁厚写在脸上的。与他交往，总会想到“和气生财”“商道酬信”之类的商业积淀。相处了这么多年后，我觉得，跟他处的人，都会成为他的朋友，哪怕是他的对手。

后来，当我采访郑先生：“当时怎么想起来打这个电话?”他说得很平淡：“当时想到他了，就拨过去了。”这样，我在这里不妨班门弄斧在博士身上推理一下，在北京意外地遇到小老乡凯宏让他感受到家乡的人杰地灵，从小秦的介绍和邀请再到郑长才先生的电话，大洋彼岸那个蹒跚过童年脚步的地方再次勾起了他的神往，所以，这次的回乡之行就成了必然。

有一个故事很能反映我家乡的民风。德祐二年（1276），信国公文丞相从京口（今镇江）元军帐中逃脱，历真州（今仪征），过高邮，出泰州，“道海安、如皋”，当年的高中语文课本上的这句话，我们读起来非常自豪，《指南录后序》就这简单的五个字，但是，我读了《指南录》这本书之后，才感觉到，当年文丞相面临的是一段波诡云谲的复杂局面。元军的铁骑已经越过长江，逼近到距离南宋王朝都城临安只有 30 公里的皋兰山下。当时，我的家乡如皋是南宋与元军势力交织的地带，军情和民情错综复杂。一方面管辖这里的是淮东制置使李庭芝，这个边疆地区的军事统帅中了元军的反间计，正千方百计地追杀文天祥；另一方面，当时的如皋县令朱省二已经投靠了元军，成了元军的鹰犬。从串场河（今天的通扬运河）一路向南，尽管只有一百二三十里的水路，但是，从虾子湾，经宋家林，过白蒲，再到闻马河（串场河的一段），到处险象环生惊心动魄，幸好，屡屡都是如皋士民出手相救化险为夷，最终抵达通州石港渡海南下。当年读高中时，只觉得文丞相在南归的过程中经过我的家乡如皋纯属偶然，今天再次阅读有关资料时发现文丞相的军事才能，选择这条沿海的水路其实就是避开了元军最为强悍的骑兵，而且，串场河上南来北往的船只多，容易掩蔽行踪。

一部《指南录》记下了文丞相这段南归的经历，但是这个过程依然是险象环生，经过如皋白蒲去通州之时，他感慨不已，一首《闻马》道出了他脱险之后的感慨——

过海安来奈若何，
舟人去后马临河。
若非神物扶忠直，
世上未应侥幸多。

在文丞相看来，一次次的险情一次次地侥幸逃脱，这除了神助又能是什么呢？

在虾子湾，打鱼汉铁叉，是我们当地的一个普通渔民，本来是奸相贾余庆的走狗虞候雇来逮捕他的，结果在走到小船上的时候，反而把虞候杀了。铁叉为何反水杀了虞候，历史没有留下记录，应该也不是南宋朝廷先期做了工作，更何况雇他的人是南宋的权臣，他做出那样的义举一定是良心发现，是他发自肺腑的对忠臣义士的敬仰。

回到神探的故事上来。神探一家那年9月的一次集中回乡，也是十分神奇。我在这里简单地分析一下，如果没有我的学生凯宏在四年前的那个铺垫，如果没有郑先生的那个电话邀请，那就没有这一次的行程了。这次省亲之旅安排了一个重要的活动就是李博士以母亲的名义给如师附小捐建了一个运动场。按照我们中国人的惯常的思维，大的活动家庭成员都是应该悉数到场的，这是良好家风的体现。那次回来的四个人当中，他的女婿不是中国人，但是他以实际行动投了一张赞成票。

写到这里，我觉得，我跟神探之间，这其实才是真正的交集，我们都出生于江海平原上这片广袤的土地，这片与长寿有缘的地方。

期待的线条

在家千日好，出门一时难。一般人，谁没有经历过出门的艰辛。当年，周作人先生在《坐车》一文中，写到自己坐在骡车、马车、火车、汽车、人力车、独轮车上的各种体感，其中感觉“最不好”的就是“汽车走坏路”。汽车走在坏路上，因为蹦得高所以难受，是否还有更加难堪的表现，就不得而知了。我与先生尽管相隔将近 80 年，但是，对汽车走在坑洼路面上的感受，也是有着切身体会的，冷不丁地左右推搡上下颠簸似乎要把人拆了，坐不是站不是的，那样的旅途简直就是煎熬啊。其实，遭遇这份折磨不能归因于车，再好的车遇上坏路总是难逃这番厄运的。所以，遇上一条条坦途才是所有行旅人的期待，坦途，会让追逐远方的行旅充满诗意。

记得第一次体验高速公路是在江对岸，其时全国的高速公路就那么屈指可数的几条，在地图上用醒目的黄线标着。两侧浓密的树木将路与周边的世界隔开，坐在车内，路面平坦如缎带，即使眼睛看到了上坡下坡，依然是御风而行、身随神往。路上，不是左边的车子超了我们，就是我们超了右边的他们，彼此相安无事，互不打扰。那是真真切切的心无旁骛，宛如做着远离纷扰的悄然行动。这或许就是高速公路给我的另一个馈赠吧。抑或是高速公路契合了我当时的心境，所以，这次的偶遇让我对它有了惦念，总希望它有朝一日能够出现在我的城市里，融进我的日常生活。甚至想象着它有一天横空出世，让我一抬眼就能看到它那平滑壮观、超凡脱俗的线条。

从那时起，我总在琢磨着这个离我路途遥遥的尤物，我想它路面不可思议的平滑，想它的立交桥的繁复不乱，甚至想它路面是怎样的材料让它硬软有度滋润得当。

初夏的傍晚，我们迎着西斜的太阳进入了新联枢纽的工地。这是我市第一条环城高速（锡通高速一段）与沈海高速的连接处。高速枢纽的施工现场很有意思，与一般楼宇的工地有着明显不同，平面上的铺陈豪放有致、大开大合，一溜光鲜的水泥柱子伴着我们的考斯特一路向西一路拔高，俨然画在蓝天下的立体柱状图，讲述着一个时段发展的脉络和增长路径。有的柱子头顶还套着钢模，如同生长的标记。我知道，过段时间，这些柱子的顶端就会架上箱梁铺成三维空间里的“二次曲线”，在两条交织的高速公路之间形成苜蓿叶状的连接线。

担心我们看不懂设计图，站在压平的路基上，监理公司的总工陈勇指着设计图对我们进行通俗的讲解。他的解说让我的思绪进入了一个数字仓库，脑子里形成了一组组数据的矩阵，一根根水泥柱子的高度、断面、垂直度，一条条连接线的曲率、长度和倾斜度，形成一组组数据的集合，数字的交融很快成为路与路之间的耦合衔接，一个浑然天成的交通枢纽就在脑子里诞生了。我仿佛走进了数学实验的课堂，真正融入了数字建筑的氛围当中……

我又一次想起了周家二先生，《坐车》成稿于1950年1月，其时中华人民共和国成立不到半年。当年，全国的公路大多都是沙石路，路面还残存着战争留下的断桥、弹坑。尽管当时世界上已经诞生了高速公路，但是，对积贫积弱的中国来说，造高速公路还是天方夜谭。所以，汽车上的蹦跳其实不可避免。先生怎么也不会想到，现在的公路施工，就是一组图纸数据的实现过程，数据就是施工过程里的一个个指令，看似平淡的数据，其实都是设计人员的智慧和缜密思考。我后来有幸看到了《公路工程质量检测评定标准》，什么断面尺寸、什么全高垂直度、什么顶面高程、什么轴线偏位……没有扎实的专业知识图纸设计不出来，缺乏相当的几何知识施工也是两眼漆黑。尤其让我吃惊的是，就在这个《标准》当中，允许偏差的范围都是以毫米计量。看到这些无法通融的数字，我终于释然，高速公路上的那份畅快就来自施工当中的较真啊。难怪，很多理工男总是那样不苟言笑，也许，他们微笑之前就在思考嘴唇张开必须保持在不大于两毫米的合理范围内呢。

在中建预制中心，我进一步见识了公路建设的庞大。每一个钢箱梁都有数十米，每个单体都庞大得如蓝鲸一般。人在庞然大物面前是很有压抑感的，站在一排排码放整齐的箱梁中间，我感觉自己渺小得如同小矮人。但是，大，不等于粗糙，就是这些巨无霸的箱梁，每一个侧面平滑得如同模具，我不自觉地用手抚摸，那感觉除了有阳光留下的温度之外丝毫不逊于每天面对的办公桌面，我总想用肤如凝脂来形容。当然，施工单位关注的绝不仅仅是外表。刚进预制中心的时候，隔着近百米远的地方，我们看见有两个小孩在箱梁上涂鸦，好奇地走过去，这才发现，监理单位两位年轻的检测人员，正在箱梁壁上等距离地画着白色竖线，交谈中，他们告诉我们是在进行钢保检测。“钢保”，其实是个专业术语，就是检测钢筋骨架外面浇注的水泥厚度，过厚，说明钢筋的位置离这面太远了，过薄，说明钢筋的位置离这面太近了，太远、太近都是不合格的。联想到年代久远的水泥栏杆爆裂露出红糖色的筋骨，那其实就与“钢保”有关。

大与精，外与内，在建筑上都是很难协调统一的对立面，在这个建设施工的现场，我看到了它们的互生共荣。

每个行业都有一些强制性的规则和要求，如果长期坚守，这些外在的强制就会内化成长期坚守的责任、品格，甚至成为习惯，无法动摇一丝一毫。从普通公路到高速公路，多少代筑路人用无可挑剔的努力去消弭路途中的时间消耗，用没有最好只有更好的眼界去追求路途中的最大舒适感，这些，都是在挑战生活的难题啊。正是他们这样地为难自己，才让每一个行驶在高速公路上的人找到畅快、通达和丝滑。我们老家有句俗语：“木匠怕漆匠，漆匠怕翕翕眼儿。”漆匠是木匠的后道，木匠的手艺好丑漆匠心知肚明的，所以，木匠畏惧这个内行。翕翕眼儿其实就是近视眼，近视眼会盯着漆匠油漆的物件慢慢地看，细细地看，所以他们会看到手艺的高下。我是个近视眼，也是有着十多年驾龄的驾驶员，对这段高速公路来说，就是盯住他们看的翕翕眼儿。

日暮时分，天空彩霞艳丽，我们离开新联枢纽建设现场。坐在车上我回头张望，对这条位于城市北缘的线条，很是期待。

此文获南通市“情系南通交投”主题征文二等奖

微信里红尘滚滚

早晨，还没睁眼，手机如同屋外林子里的鸟群“咕嘟、咕嘟”地在床头上欢腾了。自从有了微信后，每天早晨查看微信如同起床后拉开窗帘一样自然而然。

当初，才听说微信这玩意儿的时候，有些不以为然，觉得社交也不是非微信不可的。过了一段时间后，看到周围的人玩得不亦乐乎，我还是没有将它太当回事，自以为是地预测它会在一阵热闹之后偃旗息鼓，如同当年的“小灵通”一样。这期间，好像也有人拉我进了“微信运动群”，碍于情面没有当即开溜，但是几天后还是悄悄地逃离了。当时就觉得，人届中年，跑步这是自身健康的需要，无须通过这个群来约束自己。更何况，案牍劳形，每隔一段时间就站起来走动走动，放松筋骨，其实就是必需的自主性安排，是每个人的“生理需求”，没必要像小孩子过家家般地嘻哈。

两个月后，又有朋友把我拉进了“微信运动群”。

一段时间的亲身体验后，发现微信就如同住房一样是稳定生活的必需品。生活在一个城市，没有住房当然能够凑合，但是，没有住房就有飘忽感，时常觉得自己不知什么时候会飘荡到其他地方。有了微信，我在朋友圈里有了户头、有了门牌号码，可以登户口，在城市就安营扎寨了，我可以把钱藏在屋里，捂在手上，暂时不还债主，债主知道我有住房，当然相信我不会溜之大吉，有句俗语“逃得了和尚逃不了庙”，微信号就是我这个“和尚”的“庙”啊。

离不开微信，更重要的是我觉得这是个会客厅，我可以在这里会客，常常在这个圈子里邂逅很多朋友，朋友为我点赞，我为朋友点赞，如同熟悉的人照面了打声招呼、握一下手。尤其是很多好久不见的朋友，看到他的朋友圈，我就能知道他的最近动态，特别是老年朋友，看到他的信息，就能知道他活得好好的，没有跟我们不辞而别。

微信上滴滴打车真是方便，不管什么时候出行，我不用担心打不到车了，只要“钱包”里有足够的数字，从发出需求开始，不消几分钟，车子就停在你的身边，想到哪里，那只是时间问题。

微信里我最钟情的还是微信运动，这是我的一个乐园。在圈里看到熟悉的昵称和步数，如同一次偶遇。晚上，坐在灯下，看到了某个朋友的步数，仿佛一句温馨提示，会情不自禁地跟他一阵热聊。别以为微信圈是虚拟的世界，其实，这是个充满烟火气的大千世界，圈子里的朋友性格各异。一类，步数恒定，早中晚的步行数字几乎与钟表的时间一样往上蹭；也有朋友，数字如波浪起伏不定，他的步数或许他自己从来就没有关心过；一拨记者朋友的步数如心电图上的曲线，那是他们跳动的心脏，让我知道他们的采访经历，一段时日的步行高峰后，便是一篇重量级的稿子问世。

别以为微信运动里只有枯燥的数字，那里面其实充满了生活的乐趣。有个星期天，下午快四点了，翻着手机的妻突然笑得前仰后合，想说的话也断断续续……稍镇定后告诉我："我们群里两百人，和萍今天排名最后，只跑了一步，一步，啊——哈——"笑得声音都上扬了，让我想起公鸡打鸣的声音，换了口气才把后面的一句话说出来，"一步，一步，果热潮啊……"她的这位同事，我很熟悉，是个比较阳光的女性。有一次，我在场，她们交流着当时的时装，她就说："服装设计师就将一块正方形的丝绸布料对折成一个等腰三角形，长边就是两个袖子，倒挂下去的一个角做成了裆，又省事又好耍子……"对设计师的标新立异给予了满满的敬意。我想，她今天不会是在家里玩酷，跑了一步就定格在那里，像木头人儿。妻子的笑声持续了好一会儿才停了，但目光一刻也没有离开手机，只是，一边翻的时候一边摇头："和萍肯定是把手机放在旁边，不曾有时间碰。"我说："仅有的一步还不是用脚跑的，她是把手机拿起来看了一下，然后又放回去了。"妻子说："她到女儿那边之后，要带小孩又要烧饭，蛮辛苦的呀！"一边说一边把腿盘到沙发上，眼睛盯着手机有些自得，"嗯——我要抓紧时间玩玩儿，过几年我也和她一样了。"我知道，她在为当奶奶做准备了。

晚上睡觉前，我看到过去的同学、现在的同事，特别是相交甚密的朋友给我点赞，如同翻开一本相册，曾经的往事、相聚的快乐，立马浮现在眼前，我们仿佛续上了前缘，如一条干涸的河道重现了水流的波光。

今天，我走了 9660 步，在我的朋友圈里，排名 107 名，在这个熟悉的热闹世界里，没有被屏蔽，有了自己的位置，也没有被朋友遗忘，我依然是这个世界里活蹦乱跳的一分子，能不幸福吗？

看到为我点赞的朋友越来越多，想到自己今天还没有为圈里的朋友点赞，于是，赶紧动手与朋友来一次互动。如果哪位朋友觉得我一直没有为他点赞，那我要在这里打声招呼：为了给自己减负，专门设置了5000步的门槛，只要你过了这个数，为你送上一颗红心的人群里，一定有我。

原载《江海晚报》2021年4月26日

舞动情感的彩练

——读马国福散文集《在尘世的烦恼里开怀》

参加马国福先生的《在尘世的烦恼里开怀》新书分享会，我来过两次，说来真是有些丢人，我居然在上个星期就到了现场，当然是扑了空。

因为生活的原因，这大半年来，每个周末我和妻子都必须回如皋老家。人到中年啦，生活的重担压得我们有些狼奔豕突的感觉，周末的时间金贵得用小时计量。上周二收到国福先生的微信，看到活动安排在周六，我就在纠结，我没有不参加的理由，但是，周末的家务又让我分身乏术，这其实也是我“在尘世的烦恼”呀。最后，我用周五晚上和周六上午的忙碌开出了“承兑汇票”，争取了参加分享会的时间。吃过午饭便驱车赶回南通，到了文峰大世界的电梯才赶忙拿出手机查找活动的楼层，看到微信，先是一愣，后来是无限的懊恼，活动是“下周六 11 月 23 日”，真是越忙越乱，下周我不是还要重复本周的“承兑业务”吗?！想想自己真是粗心。

十年的教师经历在我身上烙下了不饶粗心的偏执，对学生考试当中的粗心表现向来不肯通融，这次自己却为粗心缴了不菲的学费。这个粗心让我对妻子和儿子、儿媳羞惭。因为在这个半年里，每个周末的时间都安排得满满当当，没有机动的时间。全家除了年近九旬的母亲需要别人料理之外，都在为生活打拼，我必须把每个周末无条件地留给家庭。周二的时候，当我接到活动通知的时候，我的注意力就放在调整时间上，所以，对“上周”和“下周”我没有留意，我在为自己对家庭的食言寻求“弥补”的办法。所以，在周五去如皋的路上，我就跟妻子说明了第二天的时间安排，妻子只说了一句：“你在如皋呀，能否不去呢?!”我没有同意。现在，因为我的粗心，此前的所有努力全付诸东流了，而且，下周还要重来一遍。

我的粗心源于我对国福先生的仰慕。这些年，他出书的频率真高，记得他将《无限乡愁到高原》赠予我也就在两年前吧，这中间还出了两本，到这一本《在尘世的烦恼里开怀》已经是第十三部了，这让我不自觉地想到“字”的本义，字的本义就是生小孩，从字到词到句到文章，再到出书，在揉捻包裹当中，他如同魔术师一样驾轻就熟，信手拈来，此时，我觉得国福又生了一个胖小子，不会太久他还会领着一众的儿女出现在读者的面前，国福是文学领地里的一位“光荣母亲”。

国福的文章有自己的风格，我喜欢得近乎痴迷。

一是语言活色生香。我读过很多国福先生的文章，他的散文语言如同绿油油的菜地，肥硕、鲜嫩，没有一点灰尘、没有一片黄叶、没有一丝的牵强，美得自然、美得得体、美得纯粹。新书中《花蕾上的故乡》里有一句话：“一个远离故乡的人，心中始终埋着一种深不见底的隐痛。这种铭心的痛常被缺失的理想碰伤。他在远方挣扎着，用方言和拳头缩短理想和生活的距离。”他用“深不见底的隐痛”来描述思乡的愁绪，再用具象的“方言”和“拳头”来概括自己的打拼，我觉得，这是非常难得的妙用，没有对语言的千锤百炼，没有飞动的灵感是无法企及的。《一条路的飞翔》：“一条路在脚下化蛹为蝶，起身飞翔，我们只是追逐蝴蝶的孩子，流出的汗水和着盐粒，落在地上无意间长成种子，蓦然回首，一路花香，满目生辉，竟将这日月装点得格外难解难分。”这语言是多么地充满诗意、富有意象和张力啊，我一次次地品咂他的这些语言，喜欢得歇斯底里。

二是他的文章取材鲜活而富有个性。国福是微信圈里不停抛撒珍珠的人，我常常在他的朋友圈里闻到酒的醇香，看到河湖里灵动的鱼儿，听到他讴歌亲情的诗章。这本新书中共有七辑，第一辑《万物皆有灵》，第二辑《草木岁月》，第三辑《烟火故乡》，第四辑《余生漫漫长长》，第五辑《镌刻在记忆中的人与事》，第六辑《从容入世，清淡出尘》，第七辑《城乡的更迭与变迁》。这些篇章都是马国福先生作品里一贯关注的题材，他的兴奋点始终都是抒发亲情友情故乡情，讴歌的都是人间的生活美、劳动美、创新美，传递的都是满满的正能量和明亮的精神状态。所以，他的文章常常作为全国各地中、高考语文阅读题也就在情理之中了。

三是真挚情感饱蘸字里行间。“坐在故乡的山岗上遥望炊烟，我的心会归于平静，城市生活衍射出的计较、竞争、苦痛已不再重要，重要的是从炊烟熄灭又升起的自然景观中汲取继续抬头前行的力量”，这是他在《跟着炊烟回家》一文中的一段话，其中浸润着他对故乡的何等真挚的情感呀。此时此刻，我又想起了他另一本书中的一篇文章《我在乐都的大街上泪流满面》，读着那篇文章，我也是眼含泪水，所以，我坚信“泪流满面”是他的真实表白。他是一个泪点特低的人，所以，读他的每一篇文章，总感觉他常常舞动着情感的彩练，在蓝天白云间留下了一道道美丽的彩虹和一声声深情的讴歌。

酒，在国福的世俗生活中是仅次于柴米油盐的第五件事。喝酒是他面对的生活常态。一天中，他可能在酒席桌上踏踏实实地喝下一瓶；也可能策划着三五好友一起喝酒畅谈、抒发豪情；为了回家陪伴妻子和女儿，他也可能无奈地拒绝一次推杯换盏。在他精神世界里，酒是与文学一样让他无法割舍的初恋情人，他的很多美妙的文字都是酒后情感的泼洒。我觉得，国福喝下的是酒，吐出来的是莲花。

奔着国福文章中的这么多闪光点，我能不炫目？能不犯晕？于是，我觉得上周的粗心其实不必自责，其中蕴藏了长期以来滋长在内心深处的很多美丽元素。

原载《江海晚报》2020 年 4 月 20 日

北方河印象

北方河是王子和先生的一个笔名。其实，他还有其他的几个笔名，但用得最多的大概就是这个。

那天早晨拿到他新鲜出炉的诗集《叙事与抒情》，十分欣喜。这是他赠给我的第三部著作了。打开这部新诗集，我才知道，从1993年开始，他已经出版了诗歌、散文、中篇小说、歌词等六部个人著作，还有一部与他人合著的报告文学集。我喜欢将业余生活看作是人生的另一个版本，这样看来，他人生的另一个版本其实是比较丰富多彩的。

一

我跟他的渊源始于一个字。

那是20世纪90年代，当时的情形我至今十分清晰。其时我刚刚从学校调到家乡的宣传部门。科长教我联系文艺这块的工作。尽管我平时喜欢写写弄弄的，但是文艺工作涉及文学、戏剧、歌曲、影视、书画、民间工艺等众多门类，哪一个门类都有特有的门道儿，初次涉猎，如同漆黑的晚上误打误撞地走到了荒郊，不知哪条才是回家的路。当时子和先生在市委宣传部，是我的顶头上司。一个燥热的下午，他打来电话，要我们报送民间舞蹈《木虾舞》的有关材料。他说话干净利落，我边听边记，他在电话里把“虾”读成了阳平，我重复了一下，大概听出了我的陌生，他就说：“你就写成鱼虾的‘虾’吧。”稍做停顿后他接着说，“这事嘛，你就找你们文化局的某某，交给他就没你的事了。”现在想来，他的话不像出自机关干部的口吻，我们在电话里仿佛多年相知的朋友。

木虾，其实是我们这边的人雨雪天穿的木屐，鞋底用木板制成，样子如草鞋，绑穿在普通鞋子的外面，因为木板下面刻的防滑的痕棱像虾的脚，所以，当时我私底下倒也以为这个写法不无道理。但是，从电话那头听来，这个木虾的“虾”应该另有其字，但是，跟他第一次接触，而且在电话里头，当然不便向他请教。更何况这是我们家乡的方言土语，是否有这个汉字也难说。他在电话里教我这样写，估计这字难写，或许他也说不清楚。拿一个刁钻的问题向一个刚刚接触的领导讨教，其实是冒犯。我们当年初中或小学的时候，为了刁难新老师才会故意找一些瘪旮旯的问题“考考”老师，算是摸摸老师的底。

十多年后，我在一篇文章里看到了一个字“屟”，查阅了《康熙字典》后，从读音和字义判断，这就是木屟的“屟”，我为这个意外的发现兴奋不已，仿佛买彩票中了五百万的大奖，希冀着把这个发现跟子和先生做一次愉悦的分享……

因为这个陌生的字，让我们两个不熟悉的人熟识，还让我有了意外收获。更可喜的是，从这个字开始，我启动了对家乡方言的集纳，沿着家乡的这条文脉探赜索隐，给我四平八稳的职业生活带来了很多乐趣，也慢慢积累起我对家乡文化和先辈们一份厚实的认同和敬仰。

二

也许是天意，我成了他的徒弟。

在一次文化活动开始前，我邂逅了他们夫妇，他向他爱人介绍我的时候，依然是那种如诗歌一样简洁的语言风格："这是信林，宣传部的，我徒弟。"他的这番介绍仿佛锦书云中来。他是作家，他的诗作、散文、歌词，我感受过多次，我在家乡文化局担任副局长时，他是市文化局的副局长，如果我冒昧提出拜他为师，叫他师傅，熟悉的人几乎没有一个会否认我是攀附。艺术生产和文化经营是当年文化系统的两大领域，子和先生在南通文化局负责艺术生产，是文化部门里的主业，我当时在如皋负责文化经营。尽管我们当初在宣传系统早已相识，但每次他到如皋来指导工作，我们也只是几句寒暄、问候，这样的交流方式我当时分析也是他认可和必然采取的，这大概也是他作为一个作家在行政机关能够站稳脚跟的原因之一。记得当年如皋的木偶剧《大禹治水》的编排，他前后到如皋来指导很多次，每次来的时候，孙局长也都拉我一起参加讨论、切磋，其时，我对艺术生产知之不多，发言不多，有一两次发言，子和先生也做了适当的点评。

他此时的态度和我们的第一次电话沟通判若两人。我分析，当年的第一次电话是点对点的交流，他也知道宣传部里负责文艺工作的人员应该离文艺不会太远，所以，他将自己的文人气质在电话那头毫无顾虑地释放出来，这让我们彼此有了相当的好感。等到我们都到了现在的位置后，特别是数十人参加的作品分析会上，在各色人等面前，他自然把我们的关系淡化，让他自己，也让我在各自的单位都能较好地与同事相处，这是他的智慧，也是我不得不佩服和感谢的。说实话，我当时总想私下地向他讨教文艺上的问题，也想借敬酒的机会跟他套套近乎，共同回忆我们的美好相遇，甚至主动跟他合影什么的……最终，理性或者是羞怯让我放弃了这些念头。不过，事后还是有些后悔的，文艺是不能没有传承的。当年王个簃主动辞掉城北小学美术教师工作，到沪上当吴昌硕孙子吴长邺的家庭教师。现在看来他的选择是要有相当的胆量和气魄的。用今天的话说已经拥有了一份固定工作，还偏偏要辞掉，万一吴家不认可，那时他该面临怎样的人生挑战呢?！最终的结果是，王个簃先生如愿以偿地成了大师的弟子，我曾看到大师亲自为弟子定润例的手迹。现在，子和先生视我为徒，这可是“瞌睡拾到枕头”了。

作为师傅，他很称职也很尽职。我在文艺新闻处工作期间，很多好的做法都是他传授的。有好几届，我们市的“五个一工程”建设在全省成绩斐然，除了当时的各方努力之外，我想，一个重要的原因还是他们前面几代人打下的良好基础。更让我铭记的，是我的散文集出版之前，他给予了很多指导。因为是第一次出个人专集，取什么书名难以拿捏，我跟他和成剑先生商量，最终敲定为《月下行吟》。当时把这个难题告诉他之后，他把我的事儿当成自己的事儿，一个上午他主动打了三次电话，只是，书已经出版四年了，我还没请他小酌一杯呢。

平心而论，每隔一段时间，我是很想跟他喝顿小酒的，跟他小酌，什么酒什么菜都无须在意，最难得的是，每次与他相聚都是一次精神放怀。几杯下肚，蛰伏在他身上的“表演欲”立马演变为他的“才艺秀”。酒量一般的他二两白酒就蜕变成满头满脸的绯红，每当这时，他会主动地献上一曲。记得那次在濠河边的一家饭店，一曲《不能这样活》将他的自信豁达，在文朋诗友面前演绎成了此时的果敢，这就是一般人难得遇见的特质。

那年国庆长假，我参加如皋中学 1994 届师生聚会，站在那个曾经的教学楼上，看到一张张熟悉的脸，我思绪飞扬，二十年前的很多往事一下子诗意地在脑海里翻腾，晚上我以《老教室》为题，将这些激动的浪花记录成长短不一的句子，因为从来没有写过诗，不敢轻易示人，我在第二天一早发给了子和先生听听他的意见。过了一天，他将改好的诗发来。经过他的手，诗意更浓了。这里，我将前面的两段转录与大家分享：“教室还是那个教室/课桌换了新的模样/当年，那个顽皮的男生午睡了/那个同桌女生/用几滴墨/布置在他的眼镜上//这样的情节/是不是每年都有上演/墙壁上剥落的风景/课桌上涂鸦的风光/都是豆蔻一样的年华/都是花开半夏的方向……”

这首诗从此启发了我骨子里的那丁点儿诗情，数十首诗如同心电图记录了我数千个日日夜夜的心跳起伏。子和先生就是呵护我诗情的园丁呀。

三

我们之间频繁交流是在我到南通工作之后。当时我在宣传部文艺新闻处联系文艺工作，这样，我就的的确确地成了他的衣钵传人啦。

这期间，我们一起组织全市的合唱节，我们一行五六个评委到各县市去选拔节目，这些评委中，我其实是“打酱油”的。所幸，有他和时任音协主席吴幼益等，这让我多少有了足够的底气。那次到我的家乡如皋，按照一般组织评选的惯例，组织者事先要把各支参赛队的情况向评委介绍一番，防止最后排名因为手高手低出现误差。一位老同事告诉我们，预赛的时候，有三家单位的合唱特别好，难分伯仲。听到这个情况，我很纠结，家乡的这些单位我都熟悉，万一判断不准就会挫伤很多人的积极性。决赛结果，难解难分的三支队伍分列一二三等奖。评委会上，子和局长对这三支代表队进行了评价。他说，一中代表队是无伴奏合唱，演唱水平很高，但是，服装较差，没有很好的舞台呈现，就二等奖。交通局代表队人数少，一个声部在唱，基本上是大白嗓子，不能叫合唱，就三等奖吧。他的点评，让我真正感受到了他的中音协会员是真材实料。家乡有很多朋友对我们家乡的文艺工作沾沾自喜，言行举止常常流露出自负心态，于是，我就用这个事例提醒他们，山外有山，人外有人。

文艺处和新闻处分设之后，我到了新闻处，但是，我们的交流从来没有断，甚至比分设前更多了。当时，新闻处请他参与内部刊物的新闻阅评工作。这份工作看似轻松，其实，对退休的同志来说，却有一份不小的压力，要写一份阅评报告，事先要做大量的阅读，之后还要进行分析、评价。而且，这是一桩得罪人的事情，既然是阅评，总得挑刺儿，但对一篇稿的评价其实是见仁见智的，更何况，新闻充其量就是历史的草稿。但是，阅评稿子总得提出一些改进意见。这尽管为难了他，但对我们这些后辈拜托的事他从来没有推辞过。因为有他们这帮前辈的鼎力相助，我市的新闻阅评工作走到了全省前列，我执笔撰写的新闻阅评总结在省委宣传部的工作简报上全文刊登。

四

身材并不魁梧的子和先生却是生活里的伟岸人物。

退休之后，我们一起参加新闻阅评员的会议。他跟当时分管这项工作的徐部长开了一个玩笑：“徐部长呀，过去我在二线，你吩咐的事我还必须做，现在我退休了，可以说‘不’了。”我的理解，他要在退休之后开始一段新的生活。我想到了《人性的枷锁》里最后点题的一段话：“过去……他（菲利普）只做应该做的，从不随性而为。”显然，子和先生不会成为第二个菲利普了，从退休开始，他要有自己的安排，他要做自己想做的。

他说：“退休了，我给自己做减法呀。”这句话让我品咂了很久，最终，我领悟了，年轻的时候我们都在做加法，走路越走越长，酒量越喝越大，欲望也越来越高，甚至在自己的头顶上接连不断地设定很多无法企及的目标，预支着健康、友情、亲情，甚至把自己应尽的家庭义务丢在一旁。退休后，我们更多的应该审时度势，不能再像以往一样赖在舞台的中央不肯下场。特别是去年端午节的深夜，我突发心动过速，不得不躺在抢救室，给急剧跳动的心脏来一个急刹，妻子说，当时签字的手一直在颤动。躺在病床上的我当时就想，这个静脉注射，或许就是我生命里的最后一次了……所以，他关于人生的加减法就是他人生智慧的积淀，如同他那闪亮的脑门一样，是刻录在我的大脑沟回里有关他的两个标志符。

退休之后，他确实推掉了很多活动。早晚饭之后他总要散一会儿步，上下午的读书与写作时间，一般也只安排在四个小时之内，也不怎么开夜车了。他时常留着时间带孙女去领略大自然的美好，让自己的心灵在宽松的天地里悠然踱步。后来，他在诗歌《七律·致友人吴信林》中是这样描绘的："识破人生百岁短，方知墨客意无涯。"其实，这前半句我倒认为放在他自己身上更为合适。退休后的生活是多姿多彩的："仿佛是忽然有一天/载着一件心事的航船在心海上降临/于是，我每天开着自家艇/在心海上游弋/游弋于南海的风波里/陶醉于奔腾的朝霞夕云"。那年，北师大康震教授来南通讲学，我邀请他去感受苏东坡的跌宕人生，起先，电话的那头有点儿迟疑，但马上改口了："嗨嗨，你看我这个人，多么糊涂，这么好的机会怎能不去?!"那次，经他介绍，我有幸结识了教育局杨老师，中午的小饮，我们仿佛踅进了大宋的客栈，端着盛唐的酒盏，品味着词中的"叶叶心心，舒卷有余情"……

受子和先生的启示，我在去年接到生命中的两次危机警告之后，主动向组织提出调整岗位，领导考虑到我的身体状况，让我不再担任实职。带着一身的轻松，我把这个消息告诉他，电话的那头传来他惊喜的发现："巧了，你跟我退二线的年龄一样。""哈哈，您是师傅嘛。"

五

子和先生不是南通人，也不是江苏人，但是，从我平时的感知里，从我看到的三部诗歌专集里不难看出，他的人缘很好，交友甚众。

很多他熟悉的人被写进了他优雅的文字和美艳的诗行中。新近出版的《叙事与抒情》里，就活跃着数十人的身影。随意翻开诗集的某一页，总能欣赏到熟悉的唱腔，优美的舞姿和江海平原上文人雅士的不俗身影，他的诗词就是南通文化数十年演进的幽幽长廊。于是乎，更加证实了我的判断，他的骨子里流淌的就是“老少咸宜”的O型血。

我原以为我的拙著《月下行吟》他就随手翻翻而已。不料，在《叙事与抒情》中，他对我的解读颠覆了我的预判。在他专意写我的那首诗中，其中几行是这样表达的：“夜间的写作是一种舒缓是一种解脱/也是对逝去的远方的回望/是对前面的远方抬头瞩望/夜深沉，思深沉。”此时此刻，我只能说，徒弟在师傅的眼里是通透的。

我们之间的谈论话题很多，有一次在更俗剧院观演，中场休息的时候，他不无自豪地说：“我这人就喜欢给年轻人做职业规划。”是的，对很多年轻人来说，他的一两句话往往能给当事人拨云见日的启发。

他在赠我的诗集《叙事与抒情》的扉页上，除了赠言之外，还在左侧页边上自上而下地写下了“请特别关注第527页”。以往，他赠给我的两本书我都认真拜读过，现在赠予我的这套诗集哪有不看的道理?!既然要看，自然会关注在他的镜像里我是何等形象。所以，看到这个“小动作”，如同看见他的右手在胸前小幅拨动，然后说一声“由它去吧”那般洒脱……在生活与创作上，子和先生就是这样拿得起放得下。他从军二十五年，此时，我以《储存温柔的战士》为题，写下了几行诗：“远离燕赵的书声/你把少年梦/交给钢铁军营//你把思念/交给北飞的鸿雁/你用执着/锻造勇毅和坚韧//卸下肩章/你把柔情/寄存在第二故乡/你的流动舞台/韵律起江海大地的风景//你的财富/是储存了半世纪的温柔/支付的密码/缤纷了你的后半生//绚丽了多少痴情的眼睛。”

每年冬季，我国淮河以北的河流总要结冰，而从燕赵之地走出来的北方河，却是一条从不结冰的河。

后　记

施耐庵在《水浒传》的自序中有一句话："人生三十而未娶，不应更娶；四十而未仕，不应更仕。"说的是什么年龄该做什么事，过了一定的年龄有些事情就不必再做了。其实，修炼文学之功最理想的状态也是要从小训练的，那毕竟是童子功啊。可惜，我的童年和少年时代是无书可看的年代，到了初中想看小说，翻箱倒柜地找到一本厚书，以为是小说，仔细翻翻发现是一本工科类的书，就这样，错过了锤炼童子功的年龄。

第一本散文集《月下行吟》出版之时，人生过半，但对文学依然痴迷。故此，从2017年开始，就开始了新的追梦计划，在散文创作上再下一城。其时，国内散文界的发展正以加速度向前推进，一个最表象的特征就是在篇幅上，越来越多的文学期刊钟爱长散文，这对喜欢小散文的我来说成了更大的挑战。我觉得自己不应该就此放弃，于是在长散文创作上做了一些尝试，收入这本散文集的文章已经说明了我在这方面的努力，至于努力的成效如何，自我评价：仍需努力！

收入本书的散文多数是在报纸和刊物上发过的，还有几篇仍在杂志社的编辑手里审校。这些文章的成稿时间在2017年~2023年，这段时间，我在市文明办担任副主任，负责文明创建工作，这块的工作是文明办条线上最烦琐的工作，所以，我只能抽时间在月下写作。白天的思路是理性和理智的，晚上的表达常常是发散和跳跃的，正如著名散文家、文学评论家徐可先生在这本书的序中所说的，文学创作与公文写作其实是不大兼容的。我解决的办法是在时间上隔断，让这两种文字互不干扰。其实，这也是没有办法的办法，因为白天的公务已经忙得气喘吁吁了，哪能在工作时间里坐在办公室发愣或神游呢。去年下半年，正好遇到了南通大学原副校长、二级教授周建忠先生，算来周先生是我的老师，尽管当年无缘坐在他的课堂上亲聆他的授课，但是，我在校读书时，他就已经是校里的名师了。我把有关书名的纠结向他报告了之后，他的如泰方言脱口而出，还以“月下”命名，弄个月下三部曲。这样书名的大方向就确定下来了。

我的人生半程里，有许多与水关联的故事，水是我对家乡的记忆，也是我对生活的憧憬，我的QQ昵称一开始用的是“笠翁”，后来用“近水客”一直至今。我曾经做过十年的地理老师，泉是圣洁的水，是仙女的泪，泉在我的心目中至圣至美。加之到了现在这个年龄阶段，喜欢拥有一份静谧，乐意在安静的环境里拥有一份安澜的心态，去听，去思，去品，甚至去无所事事。于是“月下听泉”就这样成了我这本散文集的名字。定下这个书名的时候，我比较满意，感觉这是最适合的。

后来，《散文百家》主编高玉昆老师应邀到南通来参加一个改稿会，接触之后，知道他除了作家这个身份之外，还是一位书法家，抓住一次他酒后挥毫的机会，请他帮我题写书名。于是，行云流水般的四个字就落在了这本书的封面上。

这本书诞生的过程里有很多让我感动的事。鲁迅文学院常务副院长、著名散文家、文学评论家徐可先生在百忙中为我的书作序，为我的这本书加持；中国作协会员、南通市作协主席储成剑先生关键时刻为我雪中送炭；中国作协会员、我的恩师陈根生先生给我提供了很大的帮助和指导；南通大学在读研究生吴颖在外地采风期间用钢笔为书中画了五幅清秀的插图；我的老同事，如皋中学的历史高级教师郭祥贵在我自己完成二校之后，给我进行了仔细的校对。这些老师和朋友都是我在此时此刻要深表谢意的！

百花洲文艺出版社陈波老师、蔡央扬老师、郝玮刚老师为本书的出版做了大量劬劳的付出，成都力扬文化传播有限公司陈洁老师、张露老师为本书的出版做了很多细致的工作，我只能用两个字报答：谢谢！还有很多为本书做出帮助的老师、朋友，在此一并表示感谢！

尽管本人内心里希望这本书能够臻于完美，但是，前面说到，限于本人的水平和功力，书中的错讹在所难免，祈请各位方家不吝赐教。

作 者

2024 年 4 月 8 日